Über dieses Buch Leonida, Prinzessin von Sparta, hat einen Thron geerbt, der einst unrechtmäßig erworben wurde. Sein rechtmäßiger Erbe, Prinz Agis, lebt bei dem berühmten Philosophen Hermokrates und dessen Schwester Leontine, die ihn in Argwohn und Haß gegen die Prinzessin erziehen. Da Leonida Agis den Thron zurückgeben und ihn gleichzeitig für sich gewinnen will, muß sie sich, um in die ängstlich gehütete Abgeschiedenheit der drei eindringen zu können, größter List bedienen. Unter drei verschiedenen Identitäten macht sie in einem riskanten Spiel den blutleeren Philosophen, die spröde Jungfer und den jungen Prinzen in sich verliebt. Ein beängstigendes Rollenspiel, bei dem der Zuschauer der Demonstration eines ganzen Repertoires psychologischer Verführungskünste beiwohnt.

Die beigefügten Materialien geben Erläuterungen zu Marivaux' Theater, zu seiner Sprache und seinen Themen und zeigen in Textbeispielen die Vielschichtigkeit dieses Autors.

Der Autor Pierre Carlet de Marivaux (1688–1763) ist einer der faszinierendsten französischen Autoren des 18. Jahrhunderts. Von seinen Zeitgenossen unterschätzt, ist er heute in Frankreich neben Molière der meistgespielte Komödiendichter. Auch im deutschsprachigen Raum nähert man sich seit einiger Zeit mit neuem Interesse seinem umfangreichen Werk.

Neben 36 erfrischend frechen Komödien, in denen es nicht nur um Liebe, sondern um Geld, Besitz und Macht geht, schrieb Marivaux mehrere abenteuerreiche, meist parodistische Jugendromane, die beiden realistisch-psychologischen Romane ›Das Leben der Marianne‹ und ›Der Bauer als Emporkömmling‹, und hinterließ ein reiches publizistisches Werk. In den Jahren 1721 bis 1734 war er gleichzeitig Autor, Herausgeber und Redakteur von drei nacheinander erscheinenden Zeitschriften. In allen seinen Schriften ging es Marivaux, der sich selbst als einen »Beobachter der Menschen« bezeichnete, vor allem darum, die in den Menschen und zwischen ihnen stattfindenden psychischen Vorgänge aufzudecken und bewußt zu machen.

Gerda Scheffel, versierte Kennerin und Übersetzerin des Marivauxschen Werkes, hat ›Triumph der Liebe‹ neu übertragen. Sie macht das psychologische Spiel der Sprache und die meisterhaften Dialoge auch im Deutschen zu einem literarischen Genuß. Neben elf Komödien Marivaux' hat sie auch den Schelmenroman ›Die Kutsche im Schlamm‹ und eine Auswahl seiner publizistischen Schriften unter dem Titel ›Betrachtende Prosa‹ übersetzt und herausgegeben.

Pierre Carlet de Marivaux

Triumph der Liebe

Komödie in drei Akten

Aus dem Französischen und
mit Materialien herausgegeben
von Gerda Scheffel

Fischer
Taschenbuch
Verlag

Theater Funk Fernsehen
Eine Reihe des Fischer Taschenbuch Verlags

Originalausgabe
Veröffentlicht im Fischer Taschenbuch Verlag GmbH,
Frankfurt am Main, August 1986

© Fischer Taschenbuch Verlag GmbH, Frankfurt am Main 1986
Die französische Originalausgabe erschien 1732
unter dem Titel ›Le Triomphe de l'Amour‹,
die Erstaufführung fand im selben Jahr in Paris statt.
Aufführungs- und Senderechte: S. Fischer Verlag GmbH,
Frankfurt am Main
Umschlaggestaltung: Rambow, Lienemeyer, van de Sand
unter Verwendung eines Ausschnittes des Bildes
›Les deux cousines‹ von Antoine Watteau
Reproduktion des Gemäldes von van Loo mit Genehmigung
der Comédie Française.
Gesamtherstellung: Clausen & Bosse, Leck
Printed in Germany
780-ISBN-3-596-27035-9

Inhalt

Triumph der Liebe

Personen

LEONIDA, Prinzessin von Sparta, unter dem Namen Phokion
CORINNA, Zofe von Leonida, unter dem Namen Hermidas
HERMOKRATES, Philosoph
LEONTINE, Schwester von Hermokrates
AGIS, Sohn von Cleomenes
DIMAS, Gärtner bei Hermokrates
ARLEQUIN, Diener von Hermokrates

Das Stück spielt im Park von Hermokrates

Erster Akt

1. Szene

Leonida, unter dem Namen Phokion
Corinna, unter dem Namen Hermidas

PHOKION Ich nehme an, wir sind hier im Park des Philosophen Hermokrates.

HERMIDAS Aber Madame, wird man es nicht als sehr ungehörig empfinden, daß wir so kühn hier eindringen, wo wir niemanden kennen?

PHOKION Nein, alles ist offen, und im übrigen kommen wir, um den Herrn des Hauses zu sprechen. Wir wollen in dieser Allee hier auf und ab gehen, damit ich dir erkläre, was du jetzt wissen mußt.

HERMIDAS Ach, endlich atme ich wieder auf! Doch bitte, Prinzessin, machen Sie Ihre Güte vollkommen; wollen Sie mir eine wirkliche Freude bereiten, dann müssen Sie mir auch erlauben, Sie nach Herzenslust auszufragen.

PHOKION Wie du willst.

HERMIDAS Als erstes: Sie verlassen Ihren Hof und die Stadt und kommen mit nur wenig Gefolge hierher in eines Ihrer Landhäuser; Sie wünschen, daß ich Sie begleite.

PHOKION Ganz recht.

HERMIDAS Und da Sie wissen, daß ich zu meinem Vergnügen malen gelernt habe, schließen Sie sich eines Morgens kurz nach unserer Ankunft in ein Zimmer mit mir ein, zeigen mir zwei Porträts und bitten mich um kleine Kopien davon; das eine stellt einen fünfundvierzigjährigen Mann dar, das andere eine ungefähr fünfunddreißigjährige Frau; beide recht gut aussehend.

PHOKION So ist es, ja.

HERMIDAS Und weiter: nachdem die Kopien fertig sind, lassen Sie das Gerücht verbreiten, Sie seien krank und für niemanden zu sprechen; dann kleiden Sie mich als Mann an und sich selbst ebenfalls; und schließlich fahren wir incognito in dieser Kutsche weg, Sie unter dem Namen Phokion, ich als Hermidas, und nach einer Viertelstunde Fahrt sind wir hier im Park des Philosophen Hermokrates, mit dessen Philosophie, glaube ich, Sie gewiß nichts im Sinn haben.

PHOKION Mehr als du denkst.

HERMIDAS Aber was soll die vorgetäuschte Krankheit bedeuten, was die kopierten Porträts? Wer sind der Mann und die Frau, die sie darstellen? Was beabsichtigen Sie mit unserer Verkleidung? Was geht uns der Park des Hermokrates an? Was haben Sie vor mit ihm? Was haben Sie mit mir vor? Wohin gehen wir? Was geschieht mit uns? Wozu führt das alles? Das muß ich ganz rasch wissen, denn ich sterbe fast.

PHOKION Hör mir aufmerksam zu. Du weißt, dank welchen Ereignissen ich hier regiere; ich nehme einen Platz ein, den einst Leonidas, der Bruder meines Vaters, seinem Herrn Cleomenes entriß, weil dieser Fürst, dessen Armeen er befehligte, während seiner Abwesenheit seine Geliebte begehrte und sie entführte. Wild vor Schmerz fiel Leonidas, Abgott seiner Soldaten, wie ein Rasender über Cleomenes her, nahm ihn, zusammen mit der Prinzessin, seiner Gemahlin, gefangen und sperrte sie beide ein. Nach einigen Jahren starb Cleomenes, ebenso wie seine Gemahlin, die Prinzessin, die ihn nur um ein halbes Jahr überlebte und die sterbend einen Prinzen zur Welt brachte, der verschwand und den man geschickt Leonidas entzog, der nie die geringste Spur von ihm entdeckte und der schließlich ohne Kinder starb, von seinem Volk betrauert, das er gut regiert hatte und das gelassen seinen Bruder nachfolgen sah, dem ich meine Geburt verdanke und dessen Nachfolge ich selbst angetreten habe.

HERMIDAS Ja, das alles erklärt aber weder unsere Verkleidung noch die Porträts, die ich kopieren sollte, und darüber möchte ich etwas wissen.

PHOKION Geduld: von diesem Prinzen, der im Gefängnis seiner Mutter zur Welt kam, den Unbekannte sofort nach seiner Geburt entführten, und von dem weder Leonidas noch mein Vater je etwas gehört haben, von dem habe ich Nachricht.

HERMIDAS Gelobt sei der Himmel! Sie haben ihn also bald in Ihrer Gewalt.

PHOKION Durchaus nicht; ich will mich in die seine begeben.

HERMIDAS Sie, Madame! Das werden Sie nicht tun, ich schwöre es Ihnen; ich werde es niemals erlauben; wieso denn?

PHOKION Laß mich zu Ende reden. Der Prinz lebt seit zehn Jahren bei dem weisen Hermokrates, dem er von Euphrosine, einer Verwandten des Cleomenes, sieben oder acht Jahre nach seiner Entführung aus dem Gefängnis anvertraut worden war und der ihn erzogen hat. Was ich dir jetzt erzähle, das weiß ich von einem Diener, der vor noch nicht langer Zeit in Hermokrates' Diensten stand und mich heimlich davon unterrichtet hat in der Hoffnung auf eine Belohnung.

HERMIDAS Gleichviel, Madame, Sie müssen sich seiner bemächtigen.

PHOKION So habe ich mich eben nicht entschieden; ein Gefühl der Gerechtigkeit und eine unbestimmte Eingebung haben mich etwas anderes beschließen lassen. Ich wollte zunächst Agis, so heißt der Prinz, sehen. Ich erfuhr, daß Hermokrates und er jeden Tag in dem Wald spazierengehen, der an mein Schloß grenzt. Auf diese Nachricht hin verließ ich, wie du weißt, die Stadt; ich kam hierher und fand Agis in diesem Wald, vor dem ich mein Gefolge zurückgelassen hatte. Der Diener, der mich erwartete, zeigte mir den Prinzen, der an einer dichten Stelle des Gebüsches las. Bis dahin hatte ich zwar von der Liebe reden hören, doch kannte ich sie nur dem Namen nach. Denk' dir, Corinna, eine Vereinigung von allem Edlen und Liebenswerten der Grazien, und trotzdem kannst du dir kaum den Charme von Agis' Gesicht und Gestalt vorstellen.

HERMIDAS Doch kann ich mir allmählich vorstellen, daß dieser Charme vielleicht den unsern auf den Plan gerufen hat.

PHOKION Ich habe vergessen dir zu erzählen, daß Hermokrates erschien, als ich mich gerade zurückziehen wollte; der Diener, der sich rasch versteckte, hatte mir gesagt, daß er es sei. Der Philosoph blieb stehen und fragte mich, ob die Prinzessin etwa im Wald spazierenginge, was mir bewies, daß er mich nicht kennt. Ich antwortete ihm ziemlich verwirrt, ich vermute es, und kehrte zum Schloß zurück.

HERMIDAS Wirklich ein sehr merkwürdiges Abenteuer.

PHOKION Was ich daraufhin beschlossen habe, ist noch viel merkwürdiger. Ich habe meine Krankheit nur vorgetäuscht, um ungehindert hierher zu kommen; ich will mich Hermokrates unter dem Namen des reisenden jungen Phokion vorstellen, so, als hätte mich seine Weisheit angezogen; ich will ihn bitten, mich einige Zeit bei sich aufzunehmen, damit ich seinen Unterricht genießen kann, und werde versuchen, Agis ins Gespräch zu ziehen und Macht über sein Herz zu bekommen. Ich stamme von einem Geschlecht ab, das er hassen muß; darum werde ich ihm meinen Namen verschweigen; denn wenn man mir auch gewisse Reize nachsagt, so muß die Liebe sie doch, bevor er mich kennt, gegen den Haß schützen, den er gewiß für mich empfindet.

HERMIDAS O ja; doch wenn Hermokrates hinter Ihrer Männerkleidung jene Dame erkennt, mit der er im Wald gesprochen hat, dann können Sie sich denken, Madame, daß er Sie nicht dabehalten wird.

PHOKION Ich habe für alles gesorgt, Corinna, und wenn er mich erkennt, schade für ihn; ich stelle ihm eine Falle, vor der ihn hoffentlich all seine Weisheit nicht bewahren wird. Trotzdem würde ich es bedauern, wenn er mich zwänge, von ihr Gebrauch zu machen; aber das Ziel meines Unternehmens ist lobenswert, mich leiten Liebe und Gerechtigkeit. Ich brauche zwei oder drei Gespräche mit

Agis, alles, was ich unternehme, dient nur dazu, mir diese zu verschaffen; mehr erwarte ich nicht, aber ich muß sie haben. Und wenn ich sie auf Kosten des Philosophen erreiche, dann kann ich es nicht ändern.

HERMIDAS Und seine Schwester, die bei ihm lebt und offenbar sehr spröde ist, wird sie mit dem Aufenthalt eines so jungen und gutaussehenden Fremden einverstanden sein?

PHOKION Schade auch für sie, wenn sie mir in die Quere käme. Ich werde sie ebensowenig schonen wie ihren Bruder.

HERMIDAS Aber Madame, dann müssen Sie beide täuschen, denn ich begreife, was Sie meinen; schreckt Sie das nicht?

PHOKION Es wäre abscheulich, ich weiß, dem lobenswerten Anlaß zum Trotz, wenn es nicht die Rache an Hermokrates und seiner Schwester wäre, die eine Strafe von mir verdienen; sie haben, seit Agis bei ihnen ist, alles getan, um seinen Widerwillen gegen mich zu wecken; sie haben mich in den schrecklichsten Farben gemalt, ohne mich zu kennen und ohne etwas vom Grund meiner Seele zu wissen oder von den Tugenden, die der Himmel vielleicht in sie gelegt hat. Sie sind es, die die Feinde aufgewiegelt haben, die ich bekämpfen mußte, und die immer wieder neue aufwiegeln. Das alles hat mir der Diener hinterbracht auf Grund eines Gespräches, das er belauscht hat. Weshalb tun sie mir all das Böse an? Weil mein Thron widerrechtlich erworben wurde? Aber ich bin es nicht, die ihn widerrechtlich erworben hat. Und außerdem: wem hätte ich ihn zurückgeben sollen? Den legitimen Erben kannte ich nicht; er hat sich nie gezeigt, man hält ihn für tot. Sie tun also Unrecht. Nein, Corinna, ich brauche keine Hemmungen zu haben. Achte vor allem gut auf die Kopien der beiden Porträts, die du angefertigt hast, sie stellen Hermokrates und seine Schwester dar. Was dich betrifft, so richte dich in allem nach dem, was ich erlebe. Ich werde dir jeweils mitteilen, was du wissen mußt.

2. Szene

Arlequin, ohne sofort gesehen zu werden,
Phokion, Hermidas

ARLEQUIN Was sind denn das für Leute?

HERMIDAS Da gibt es noch viel zu tun, und Sie, Madame, als
Frau...

ARLEQUIN *zeigt sich plötzlich* Ha! Ha! Madame! Als Frau!
Na, sagt doch was, Ihr Männer, Ihr seid also Frauen?

PHOKION Gerechter Himmel! Das ist das Ende!

ARLEQUIN Oh! oh! meine Süßen, bevor Ihr das Feld räumt,
müssen wir erst, bitteschön, ein bißchen miteinander abrechnen; ich habe euch zunächst für zwei Spitzbuben gehalten, aber ich muß euch Abbitte tun: Ihr seid zwei
Spitzbübinnen.

PHOKION Es ist alles verloren, Corinna.

HERMIDAS *macht Phokion ein Zeichen* Nein, Madame; lassen Sie mich machen und seien Sie unbesorgt. Das Aussehen dieses Jungen hat mich gewiß nicht getäuscht, er
ist bestimmt ein umgänglicher Mensch.

ARLEQUIN Und darüber hinaus ein redlicher, der noch nie
Schmuggelware hereingelassen hat; und da ihr welche
seid, halte ich euch fest und lasse die Tore schließen.

HERMIDAS Oh, daran werde ich dich schon hindern, denn du
würdest es als erster bereuen, wenn du uns Unrecht
tätest.

ARLEQUIN Beweist mir meine Reue, und ich gebe euch frei.

PHOKION *gibt Arlequin mehrere Goldstücke* Da, mein
Freund, da hast du einen Anfang der Beweise; täte es dir
nicht leid, wenn dir das entgangen wäre?

ARLEQUIN Oh ja, es hat ganz den Anschein, denn ich freue
mich, daß ich es habe.

HERMIDAS Hast du noch immer Lust, Lärm zu schlagen?

ARLEQUIN Ich habe erst den Anfang einer Lust, es nicht zu
tun.

HERMIDAS Vollenden Sie den Anfang, Madame.

PHOKION *gibt ihm noch etwas* Nimm das noch. Bist du zufrieden?

ARLEQUIN Da haben wir eine Abkürzung meiner grimmigen Laune! Doch worum geht es, ihr freigebigen Damen?

HERMIDAS Ach, um eine Lappalie: Madame ist Agis im Wald begegnet und konnte ihn nicht sehen, ohne ihm ihr Herz zu schenken.

ARLEQUIN Dagegen ist nichts einzuwenden!

HERMIDAS Nun möchte Madame, die reich ist und unabhängig und ihn gern heiraten würde, versuchen, ihn für ihre Liebe empfänglich zu machen.

ARLEQUIN Dagegen ist erst recht nichts einzuwenden.

HERMIDAS Madame kann das aber nur, wenn sie ein paar Gespräche mit ihm führt, ja sogar einige Zeit in dem Haus bleibt, in dem er wohnt.

ARLEQUIN Damit sie alle seine Vorteile hat.

HERMIDAS Und das ginge nicht, wenn sie ihrem Geschlecht entsprechend gekleidet wäre; denn Hermokrates würde es nicht erlauben, und auch Agis würde ihr ausweichen infolge der Erziehung, die er bei dem Philosophen genossen hat.

ARLEQUIN Hölle und Teufel, Liebe in dem Haus? Das wäre eine schlechte Herberge für sie. Die Weisheit von Agis, Hermokrates und Leontine sind drei Weisheiten, die äußerst ungastlich gegen die Liebe sind, nur meine hat ein bißchen Lebensart.

PHOKION Das wußten wir.

HERMIDAS Und deshalb hat Madame beschlossen, verkleidet aufzutreten; du siehst, es ist nichts Schlimmes dabei.

ARLEQUIN Wahrhaftig, es gibt nichts Vernünftigeres. Madame hat im Vorbeigehen für Agis Feuer gefangen. Nun, jeder fängt, was er kann, warum auch nicht! Auf, meine reizenden Damen, seid guten Mutes; ich biete euch meine Dienste an. Ihr habt euer Herz verloren; bemüht euch, daß ihr ein anderes dafür erwischt; wenn jemand meines findet, ich schenke es her.

PHOKION Du kannst dich auf mein Wort verlassen: bald

wirst du ein Leben führen, daß du niemanden mehr benei-
dest.

HERMIDAS Vergiß nicht, wenn's darauf ankommt, daß
Madame sich Phokion nennt und ich mich Hermidas.

PHOKION Und daß vor allem Agis nicht erfahren darf, wer
wir sind.

ARLEQUIN Keine Sorge, Seigneur Phokion, meine Hand
darauf, Kamerad Hermidas; da seht ihr, wie ich rede.

HERMIDAS Still, es kommt jemand.

3. Szene

Hermidas, Phokion, Arlequin, Dimas, der Gärtner

DIMAS Mit wem redest du da, mein Freund?

ARLEQUIN Mit Leuten.

DIMAS Alle Wetter! Das seh' ich auch. Aber wer sind die
Leute? Von wem wollen sie was?

PHOKION Vom Seigneur Hermokrates.

DIMAS So so! Hier geht's aber nich rein, unser Herr hat mir
aufgeladen, daß niemand hier im Park rumlaufen soll. Sie
müssen also hingehn, wo sie hergekomm' sind un ans
Haustor klopfn.

PHOKION Wir haben das Parktor offen gefunden; Fremden
ist es erlaubt, sich zu täuschen.

DIMAS Ich lasse diese Täuschung nich zu, wir gestatten es
nich, daß man einfach so ohne Vorwarnung reinkommt,
nur weil's Tor offensteht. Da hat man den Anstand, ein
Gärtner zu rufn, den fragt man, ob man darf; man is höf-
lich zu dem Menschen, und die Erlaubnis kommt dann
zusamm' mit dem Tor.

ARLEQUIN Sachte, mein Freund! Du redest mit einer reichen und bedeutenden Persönlichkeit.

DIMAS Guck mal an! Das seh' ich auch, daß sie reich is, weil
sie alles für sich behält, un ich behalte mein Park, die
brauch' ja nur andersrum zu gehn.

4. Szene

Agis, Dimas, Hermidas, Phokion, Arlequin

AGIS Was ist das für ein Lärm, Dimas? Mit wem brüllst du so herum?

DIMAS Mit der Jugend da, die sich an unser Spalierobst ranmachen will.

PHOKION Sie kommen im rechten Augenblick, Seigneur, um mich von ihm zu befreien. Ich habe die Absicht, Seigneur Hermokrates zu begrüßen und mit ihm zu sprechen; ich fand den Park offen, und er will, daß ich ihn verlasse.

AGIS Geh, Dimas, du hast Unrecht; lauf und sag Leontine Bescheid, daß ein achtbarer Fremder Hermokrates sprechen möchte. Ich bitte Sie für den bäurischen Empfang dieses Mannes um Verzeihung, Seigneur; Hermokrates wird sich noch selbst bei Ihnen entschuldigen; Ihr Aussehen verlangt, daß man Ihnen Achtung entgegenbringt.

ARLEQUIN Oh, was das angeht, die beiden geben ein hübsches Paar Gesichter.

PHOKION Der Gärtner hat mich in der Tat sehr grob behandelt, Seigneur; aber Ihre Höflichkeit entschädigt mich; und wenn mein Aussehen, von dem Sie sprechen, Sie veranlaßt, mir Gutes zu wünschen, dann halte ich es in der Tat für sehr vorteilhaft, einen besseren Dienst könnte es mir nach meiner Meinung gar nicht erweisen.

AGIS Er verdient nicht Ihre hohe Meinung, Sie haben ihn sich selbst erwiesen, Seigneur; doch obwohl wir uns erst ein paar Minuten kennen, versichere ich Ihnen, daß man niemandem gegenüber aufmerksamer sein könnte als gegen Sie.

ARLEQUIN Das wären also vier hübsche Neigungen unter uns.

HERMIDAS *zieht Arlequin beiseite* Komm, wir wollen ein bißchen über unsere reden.

AGIS Doch darf ich Sie fragen, Seigneur, wem meine Freundschaft gilt?

PHOKION Einem Menschen, der Ihnen gern die seine für ewig schwört.

AGIS Das allein genügt leider nicht; ich fürchte, ich gewinne einen Freund, den ich bald verlieren werde.

PHOKION Es liegt nicht an mir, ob wir uns trennen, Seigneur.

AGIS Was fordern Sie von Hermokrates? Ich verdanke ihm meine Erziehung, und ich wage zu behaupten, daß er mich liebt. Brauchen Sie seine Hilfe?

PHOKION Mich zog sein Ruf hierher; ich wollte ihn eigentlich nur bitten, mich einige Zeit bei sich zu dulden; doch seitdem ich Sie kenne, wird diese Absicht von einer anderen, noch ernsthafteren verdrängt, nämlich Sie so lange wie möglich zu sehen.

AGIS Und was wird aus Ihnen danach?

PHOKION Das weiß ich nicht, darüber bestimmen Sie; nur Sie werde ich um Rat fragen.

AGIS Ich werde Ihnen raten, mich nie aus den Augen zu verlieren.

PHOKION Dann bleiben wir also immer zusammen.

AGIS Das hoffe ich von ganzem Herzen; doch da kommt Leontine.

ARLEQUIN *zu Hermidas* Unsere Herrin nähert sich; sie ist so ernst, das gefällt mir nicht.

5. Szene

Phokion, Agis, Hermidas, Dimas, Leontine, Arlequin

DIMAS Da, Madame, das is der Grünschnabel, von dem ich Ihnen erzählt habe, un der andre Luftikus gehört auch mit dazu.

LEONTINE Man hat mir gesagt, Seigneur, Sie wünschten meinen Bruder Hermokrates zu sprechen; er ist im Augenblick nicht hier. Können Sie mir inzwischen anvertrauen, was Sie ihm sagen möchten?

PHOKION Ich beabsichtige nicht, über etwas Geheimes mit

ihm zu sprechen, Madame; es geht um einen Gefallen, den ich von ihm erbitte, und ich betrachte ihn im voraus als gewährt, wenn Sie ihm zustimmen.

LEONTINE Erklären Sie das bitte näher, Seigneur.

PHOKION Ich heiße Phokion, Madame; mein Name ist Ihnen vielleicht bekannt, denn mein Vater, den ich vor mehreren Jahren verlor, hat ihm einigen Ruhm verschafft.

LEONTINE Ja, Seigneur.

PHOKION Da ich allein und unabhängig bin, reise ich seit einiger Zeit, um mein Herz und meinen Geist zu bilden.

DIMAS *beiseite* Und das Obst von unsern Bäumen zu klaun.

LEONTINE Bitte geh, Dimas.

PHOKION Während meiner Reisen habe ich besonders die Menschen aufgesucht, deren Gelehrsamkeit und Tugend sie von den andern unterscheiden. Darunter gab es sogar manche, die mir erlaubten, einige Zeit bei ihnen zu leben, und ich hoffe, der berühmte Hermokrates wird mir, für ein paar Tage nur, die Ehre nicht abschlagen, die die andern mir erwiesen haben.

LEONTINE Nach Ihrem Äußeren zu urteilen, Seigneur, scheinen Sie durchaus der andern Ortes genossenen edlen Gastfreundschaft würdig zu sein; doch wird Hermokrates das Vernügen, sie Ihnen zu gewähren, sich nicht verschaffen können; wichtige Gründe, die Agis kennt, hindern uns daran. Ich wollte, ich könnte sie Ihnen nennen, sie würden uns Ihnen gegenüber rechtfertigen.

ARLEQUIN Ich kann schon mal einen in meinem Zimmer unterbringen.

AGIS An Räumen fehlt es uns wirklich nicht.

LEONTINE Nein, Agis, aber Sie wissen besser als jeder andere, daß es nicht möglich ist, und daß es für uns ein notwendiges Gesetz ist, unsere Zurückgezogenheit mit niemandem zu teilen.

AGIS Trotzdem habe ich Seigneur Phokion versprochen, Sie zu überreden; und wenn man einen Freund der Tugend von unserem Gesetz ausnimmt, bedeutet das durchaus nicht, daß man es mißachtet.

LEONTINE Ich kann meine Einstellung nicht ändern.

ARLEQUIN *beiseite* Typisch Frau!

PHOKION Wie! Sollten Sie so lobenswerten Absichten wie meinen gegenüber unerbittlich sein, Madame?

LEONTINE Es geht gar nicht anders.

AGIS Hermokrates wird Sie umstimmen, Madame.

LEONTINE Ich bin sicher, er denkt wie ich.

PHOKION *die ersten Worte beiseite* Greifen wir also zu unseren Mitteln. Gut, Madame, ich will nicht darauf bestehen; doch dürfte ich Sie um ein kurzes Gespräch unter vier Augen bitten?

LEONTINE Es tut mir leid, Seigneur, daß Sie sich umsonst bemühen werden; da Sie jedoch darauf bestehen, willige ich ein.

PHOKION *zu Agis* Würden Sie sich bitte einen Augenblick entfernen?

6. Szene

Leontine, Phokion

PHOKION *die ersten Worte beiseite* Möge die Liebe meine List begünstigen! Da Sie meiner Bitte nicht nachgeben können, Madame, möchte ich Sie nicht weiter drängen; doch vielleicht erweisen Sie mir eine andere Gunst, nämlich, mir einen Rat zu geben, der über den Frieden meines ganzen Lebens entscheiden wird.

LEONTINE Mein Rat, Seigneur, ist, auf Hermokrates zu warten, Sie fragen besser ihn als mich.

PHOKION Nein, Madame, in diesem Fall wende ich mich besser an Sie. Ich brauche eher einen mitfühlenden Verstand als einen kühlen, ich brauche einen Charakter mit Herz, der seine Strenge durch Nachsicht mildert, und Sie gehören zu einem Geschlecht, bei dem sich diese süße Mischung gewisser findet als bei uns. Daher beschwöre ich Sie bei aller Güte, die in Ihnen ist, hören Sie mich an.

LEONTINE Ich weiß nicht, was eine solche Rede erwarten läßt, doch Ihre Eigenschaft als Fremder verlangt Entgegenkommen; also sprechen Sie, ich höre.

PHOKION Vor einigen Tagen, als ich als Reisender durch diese Gegend kam, sah ich ganz in der Nähe eine Dame, die spazierenging und mich nicht bemerkte; ich muß sie Ihnen beschreiben, vielleicht erkennen Sie sie und dann verstehen Sie besser, was ich Ihnen sagen will. Ihre Erscheinung ist majestätisch, ohne groß zu sein, noch nie habe ich so viel Anmut gesehen; ihre Gesichtszüge sind, so scheint es mir, die einzigen auf der Welt, bei denen sich die zartesten Reize mit einem hoheitsvollen, bescheidenen und vielleicht sehr strengen Ausdruck vereinen, ohne dabei jedoch zu verlieren. Man muß sie unwillkürlich lieben, aber mit einer schüchternen Liebe und wie erschrokken vor dem Respekt, den sie einflößt; sie ist jung, doch nicht von dieser unbesonnenen Jugend, die mir stets mißfallen hat, die nur von unvollkommener Anmut ist und nur die Augen erfreut, ohne ins Herz zu dringen; nein, sie ist in dem wirklich liebenswerten Alter, das die Reize voll zur Entfaltung bringt, in dem man genießt, was man ist, in dem Alter, in dem die jetzt weniger leichtfertige Seele zu der Schönheit der Züge einen Schimmer ihrer erworbenen Reife fügt.

LEONTINE *verlegen* Ich weiß nicht, von wem Sie sprechen, Seigneur, die Dame ist mir unbekannt, und sicher ist dieses Porträt sehr geschmeichelt.

PHOKION Das Porträt, das ich in meinem Herzen bewahre, steht tausendmal über dem, was ich Ihnen hier male, Madame. Ich sagte Ihnen schon, daß ich vorbeikam und weiterreisen wollte; doch diese Dame hielt mich fest, und ich verlor sie nicht aus den Augen, solange ich sie sehen konnte. Sie unterhielt sich mit jemandem und lächelte ab und zu, und ich erkannte hinter ihrer ernsten und bescheidenen Haltung etwas eigenartig Umgängliches, Sanftes, Großmütiges.

LEONTINE *beiseite* Von wem spricht er?

PHOKION Sie zog sich bald darauf zurück und ging in ein Haus, das ich jetzt entdeckte. Ich fragte, wer sie sei und erfuhr, sie sei die Schwester eines berühmten, ehrwürdigen Mannes.

LEONTINE *beiseite* Wo bin ich?

PHOKION Sie sei nicht verheiratet und lebe mit ihrem Bruder in einer Zurückgezogenheit, deren unschuldigen Frieden sie dem von tugendhaften und erhabenen Seelen stets verachteten Trubel der Welt vorziehe. Kurz, alles was ich über sie hörte, war ein einziges Loblied, und mein Verstand ebenso wie mein Herz bestimmten mich, für immer mich ihr hinzugeben.

LEONTINE *bewegt* Seigneur, ersparen Sie mir, das Weitere zu hören, ich weiß nicht, was das ist, Liebe, und ich würde Sie schlecht beraten in einer Sache, von der ich nichts verstehe.

PHOKION Ich bitte Sie, lassen Sie mich zu Ende sprechen, das Wort Liebe soll Sie nicht abstoßen; die Liebe, von der ich spreche, beschmutzt nicht mein Herz, sie ehrt es; meine Liebe zur Tugend hat meine Liebe zu der Dame entfacht, es sind zwei Gefühle, die sich miteinander vermischen, und wenn ich ihr bezauberndes Gesicht liebe, wenn ich es anbete, so darum, weil meine Seele die Schönheit der ihren darin erblickt.

LEONTINE Noch einmal, Seigneur, erlauben Sie, daß ich mich zurückziehe; ich werde erwartet, und wir sind hier schon sehr lange beisammen.

PHOKION Ich komme zum Ende, Madame. Bewegt von den Empfindungen, die ich Ihnen schilderte, gab ich mir das inbrünstige Versprechen, die Dame mein ganzes Leben zu lieben. Und das bedeutet, meine Tage dem Dienst der reinen Tugend zu weihen. Ich beschloß, mit ihrem Bruder zu sprechen und unter dem Vorwand, mich bilden zu wollen, von ihm das Glück zu erbitten, eine Zeitlang in seinem Haus zu verweilen; und dann wollte ich alle Zärtlichkeit, alle Hingabe und alles Geschick anwenden, über die die Liebe, die Achtung und die Ehrerbietung verfügen, um ihr die Beweise einer Leidenschaft zu geben, für die ich den Göttern danke wie für eine unschätzbare Gabe.

LEONTINE *beiseite* Eine Falle! Und wie komme ich da heraus?

PHOKION Ich habe meinen Beschluß ausgeführt; ich habe mich vorgestellt, um mit ihrem Bruder zu sprechen: er war abwesend, und ich habe nur sie angetroffen, die ich vergeblich beschwor, meine Bitte zu unterstützen; sie hat sie zurückgewiesen und mich in Verzweiflung gestürzt. Stellen Sie sich ein zitterndes und verwirrtes Herz vor, Madame, dessen Zärtlichkeit und Kummer sie sicher bemerkt hat und dessen ganze Hoffnung es war, ihr wenigstens ein großmütiges Mitleid einzuflößen; alles ist mir verweigert worden, Madame; und in diesem niederdrückenden Zustand komme ich zu Ihnen, ich werfe mich zu Ihren Füßen und vertraue Ihnen mein Leid an.

Wirft sich zu Leontines Füßen.

LEONTINE Was machen Sie, Seigneur?

PHOKION Ich erflehe Ihren Rat, helfen Sie mir bei ihr.

LEONTINE Nach dem, was ich eben vernommen habe, bitte ich selbst die Götter um Hilfe.

PHOKION Das Urteil der Götter ist in Ihrem Herzen, vertrauen Sie seiner Stimme.

LEONTINE Mein Herz! O Himmel! Es ist vielleicht der Feind meines Seelenfriedens, den ich zu Rate ziehen soll.

PHOKION Hätten Sie denn weniger Frieden, wenn Sie großmütig wären?

LEONTINE Ach, Phokion! Sie lieben die Tugend, sagen Sie; aber heißt das, sie lieben, wenn man sie überfällt?

PHOKION Nennen Sie das überfallen, wenn man sie anbetet?

LEONTINE Also was sind Ihre Absichten?

PHOKION Ich habe Ihnen mein Leben geweiht, ich brenne darauf, es mit Ihrem zu vereinen; hindern Sie mich nicht daran, es zu versuchen, dulden Sie nur für ein paar Tage meine Anwesenheit hier, das ist im Augenblick die einzige Gunst, um die ich bitte; und wenn Sie sie gewähren, dann bin ich mir Hermokrates' sicher.

LEONTINE Ich soll Sie hier dulden, Sie, der mich liebt!

PHOKION Was kümmert Sie eine Liebe, die bloß meine Ehrfurcht vertieft?

LEONTINE Kann eine tugendhafte Liebe etwas fordern, was nicht tugendhaft ist? Soll sich mein Herz verirren? Was wollen Sie hier, Phokion? Ist es zu begreifen, was mit mir geschieht? Welch ein Abenteuer, o Himmel! Welch ein Abenteuer! Muß mein Verstand dabei zugrunde gehen? Muß ich Sie lieben, ich, die ich noch nie geliebt habe? Ist es an der Zeit, daß ich Gefühle empfinde? Sie schmeicheln mir umsonst; Sie sind jung, liebenswert; ich bin weder das eine, noch das andere mehr.

PHOKION Was für seltsame Worte.

LEONTINE Ja, Seigneur, ich gestehe es, ein wenig Schönheit, sagt man, war auch mir zugefallen, die Natur hatte mich mit Reizen ausgestattet, die ich stets verachtet habe. Vielleicht bedaure ich das jetzt Ihretwegen, wie ich beschämt zugebe; doch sie sind nicht mehr, oder das wenige, was mir von ihnen geblieben ist, wird auch bald vergehen.

PHOKION Ach, wozu dient, was Sie da sagen, Leontine? Können Sie meine Augen von etwas überzeugen, was nicht ist? Soll ich bei dieser Anmut das Gegenteil glauben? Haben Sie jemals liebenswerter sein können?

LEONTINE Ich bin nicht mehr das, was ich war.

PHOKION Beenden wir unser Gespräch, Madame, und streiten wir nicht mehr. Ich stimme Ihnen zu: trotz all Ihrer Reize wird Ihre Jugend bald vergehen, und ich habe meine noch; aber alle Seelen haben das gleiche Alter. Sie wissen, worum ich Sie bitte; ich werde Hermokrates damit bestürmen und sterbe vor Kummer, wenn Sie mir nicht gewogen sind.

LEONTINE Ich weiß noch nicht, was ich tun soll. Da kommt Hermokrates, ich werde Ihnen helfen, so lange, bis ich mich entschieden habe.

7. Szene

Hermokrates, Agis, Phokion, Leontine, Arlequin

HERMOKRATES *zu Agis* Ist das der junge Fremde, von dem Sie gerade sprachen?

AGIS Ja, Seigneur, das ist er.

ARLEQUIN Ich hatte die Ehre, als erster mit ihm zu sprechen, und inzwischen habe ich schon mal die Honneurs gemacht.

LEONTINE Das, Hermokrates, ist der Sohn des berühmten Phokion, den seine Verehrung für dich hierherführt. Er liebt die Weisheit und reist, um sich zu bilden. Einige deiner Kollegen haben sich ein Vergnügen daraus gemacht, ihn einige Zeit bei sich aufzunehmen; er erhofft von dir den gleichen Empfang und bittet so eindringlich darum, daß man seiner Bitte nachgeben sollte; ich habe versprochen, dich dafür zu gewinnen, hiermit tue ich es, ich lasse euch jetzt allein... Ach!

AGIS Und wenn meine Stimme etwas zählt, so füge ich sie Leontines hinzu, Seigneur.

Agis ab

ARLEQUIN Und ich gebe meine Stimme auch noch dazu.

HERMOKRATES *beobachtet Phokion* Was sehe ich?

PHOKION Ich betrachte es als eine besondere Aufmerksamkeit, Seigneur, daß Sie für mich so inständig bitten. Ermessen Sie meine dankbaren Gefühle Ihnen gegenüber, wenn es nicht vergebens ist.

HERMOKRATES Ich bin Ihnen sehr verpflichtet für die Ehre, die Sie mir erweisen, Seigneur, doch ein Jünger wie Sie scheint mir keinen Meister wie mich zu brauchen; um jedoch besser darüber urteilen zu können, möchte ich ein paar vertrauliche Fragen an Sie stellen.

zu Arlequin Laß uns allein.

8. Szene

Hermokrates, Phokion

HERMOKRATES Entweder täusche ich mich, Seigneur, oder Sie sind mir nicht unbekannt.

PHOKION Ich, Seigneur?

HERMOKRATES Nicht ohne Grund wollte ich Sie unter vier Augen sprechen; ich habe einige Vermutungen, deren Klärung kein Aufsehen verträgt, das möchte ich Ihnen ersparen.

PHOKION Und was sind das für Vermutungen?

HERMOKRATES Sie heißen nicht Phokion.

PHOKION *beiseite* Er erinnert sich an den Wald.

HERMOKRATES Derjenige, dessen Namen Sie sich angeeignet haben, befindet sich augenblicklich in Athen; ich habe es durch einen Brief von Mermekides erfahren.

PHOKION Er kann den gleichen Namen tragen wie ich.

HERMOKRATES Das ist noch nicht alles, und der angenommene Name ist der geringste Irrtum, in den Sie uns stürzen wollen.

PHOKION Ich verstehe Sie nicht, Seigneur.

HERMOKRATES Diese Kleidung ist nicht die Ihre, gestehen Sie es, Madame, ich habe Sie bereits an einem andern Ort gesehen.

PHOKION *tut, als wäre sie überrascht* Das ist wahr, Seigneur.

HERMOKRATES Wie Sie merken, waren die Zeugen überflüssig, jetzt erröten Sie nur vor mir.

PHOKION Sollte ich erröten, dann zu Unrecht, Seigneur; das wäre eine Regung, die ich mißbilligen würde. Meine Verkleidung verhüllt keine Absicht, deren ich mich schämen müßte.

HERMOKRATES Ich aber, der ich die Absicht durchschaue, sehe da nichts, was den unschuldigen Sitten Ihres Geschlechtes angemessen wäre, nichts, dessen Sie sich rühmen dürften. Der Gedanke, mir Agis, meinen Schüler, zu entführen, ihn mit gefährlichen Reizen zu locken, in seinem Herzen einen fast immer unheilvollen Aufruhr zu entfachen, dieser Gedanke, scheint mir, dürfte Sie durchaus erröten lassen, Madame.

PHOKION Agis! Wer? der junge Mann, der sich eben hier gezeigt hat? Ist das Ihr Verdacht? Habe ich irgend etwas an mir, das ihn rechtfertigen würde? Ist es mein Aussehen, das Ihnen diesen Verdacht eingibt, und verdient es ihn? Und müssen gerade Sie mir diese Beleidigung antun? Müssen gerade Gefühle wie die meinen sie hervorrufen? Sollten die Götter, die meine Absichten kennen, sie mir nicht ersparen? Nein, Seigneur, ich komme nicht hierher, um Agis' Herz zu verwirren. Da er von Ihren Händen aufgezogen wurde, gestärkt ist durch die Weisheit Ihrer Lehren, wäre für ihn diese Verkleidung nicht nötig gewesen; liebte ich ihn, hätte ich mir seine Eroberung mit weniger Aufwand erhofft; vielleicht hätte es genügt, mich nur zu zeigen, nur meine Augen sprechen zu lassen: sein Alter und meine geringen Reize stünden mir für sein Herz ein. Doch hat mein Herz es nicht auf seines abgesehen, das von mir gesuchte ist viel schwerer einzunehmen, es gehorcht nicht der Macht meiner Augen, bei ihm vermögen meine Reize nichts; Sie sehen, daß ich gar nicht auf sie zähle, sie gar nicht zu Hilfe nehme; ich gebe ihnen überhaupt keine Möglichkeit zu gefallen; ich verberge sie hinter dieser Verkleidung, weil sie nutzlos sind.

HERMOKRATES Aber der Aufenthalt, den Sie sich bei mir wünschen, was hat der mit Ihren Absichten zu tun, wenn Sie nicht an Agis denken?

PHOKION Ach, immer wieder Agis! Ersparen Sie Ihrer Tugend das Bedauern, die meine beleidigt zu haben, mißbrauchen Sie nicht den Anschein eines vielleicht mehr lobenswerten als unschuldigen Unternehmens gegen mich, das Sie mich mit einer Beherztheit ausführen sehen, die Ihren Verdacht in Erstaunen versetzen sollte und für die ich Ihre Achtung erhoffe, wenn Sie die Gründe dafür wissen. Reden Sie mir also nicht mehr von Agis, ich denke keineswegs an ihn, ich wiederhole es.

Wollen Sie unwiderlegbare Beweise dafür? Sie verletzen zwar die Würde meines Geschlechts, doch bin ich weder mit dessen Eitelkeit noch mit dessen List hierhergekommen, wohl aber mit einer reineren Absicht, wie Sie gleich sehen werden, Seigneur. Es geht um Ihren Verdacht, zwei Worte werden ihn zunichte machen. Will der, den ich liebe, mir seine Hand reichen? Hier ist die meine. Agis ist nicht da, um mein Angebot anzunehmen.

HERMOKRATES Dann weiß ich nicht, an wen es sich richtet.

PHOKION Sie wissen es, Seigneur, und ich habe es Ihnen eben gesagt; ich würde mich nicht deutlicher ausdrücken, wenn ich Hermokrates sagte.

HERMOKRATES Ich! Madame?

PHOKION Sie sind unterrichtet, Seigneur.

HERMOKRATES *außer Fassung* Das bin ich allerdings, und ich werde der Verwirrung nicht Herr, in die diese Rede mich stürzt. Ich, das Ziel eines Herzens wie des Ihren!

PHOKION Hören Sie mich an, Seigneur; ich muß mich jetzt rechtfertigen nach meinem Geständnis.

HERMOKRATES Nein, Madame, ich höre nichts mehr an, jede Rechtfertigung ist nutzlos, Sie brauchen von meinen Gedanken nichts zu befürchten. Seien Sie ganz beruhigt: aber ich bitte Sie inständig, lassen Sie mich! Bin ich dazu geschaffen, geliebt zu werden? Sie greifen eine einsame, unzugängliche Seele an, der die Liebe immer fremd ist. Meine Schroffheit wird Ihre Jugend, Ihre Anmut abstoßen; mit einem Wort: mein Herz kann nichts für das Ihre tun.

PHOKION Nun, ich verlange nicht, daß es meine Gefühle teilt, da habe ich keine Hoffnung; und wenn ich welche hätte, würde ich sie mißbilligen; doch erlauben Sie, daß ich zu Ende spreche. Ich habe Ihnen gesagt, daß ich Sie liebe: wollen Sie mich der Pein ausgesetzt lassen, die diese Rede mir bereitet, solange ich sie nicht erläutern darf?

HERMOKRATES Aber die Vernunft verbietet mir, noch mehr anzuhören.

PHOKION Und meine Selbstachtung und meine Tugend, die ich eben aufs Spiel gesetzt habe, wollen, daß ich weiterspreche. Noch einmal, Seigneur, hören Sie mich an. Ihnen schätzenswert zu erscheinen, ist der einzige Vorteil, nach dem ich strebe, der einzige Lohn, nach dem mein Herz verlangt. Was kann Sie hindern, mich anzuhören? Nichts an mir ist zu fürchten, außer einigen von meinem Geständnis gedemütigten Reizen, außer einer Schwäche, die Sie verachten und die Sie bekämpfen sollen.

HERMOKRATES Es wäre mir lieber, ich würde nichts von ihr wissen.

PHOKION Ja, Seigneur, ich liebe Sie; aber täuschen Sie sich nicht, es geht hier nicht um eine gewöhnliche Zuneigung; mein Geständnis ist mir nicht entschlüpft, ich habe es bewußt gemacht, und nicht der Liebe wegen, die hätte das nicht erreicht, sondern meiner Tugend wegen. Ich sage Ihnen, daß ich Sie liebe, weil ich die Verwirrung über dieses Geständnis brauche; weil diese Verwirrung vielleicht zu meiner Heilung beiträgt; weil ich versuche, über meine Schwäche zu erröten, um sie zu besiegen: ich habe meinen Stolz gekränkt, um ihn gegen Sie aufzustacheln. Mein Geständnis mache ich Ihnen nicht, damit Sie mich lieben, sondern damit Sie mich lehren, Sie nicht mehr zu lieben. Hassen Sie, verachten Sie die Liebe, ich bin damit einverstanden, aber erreichen Sie es, daß ich Ihnen gleiche. Lehren Sie mich, Sie aus meinem Herzen zu verbannen, schützen Sie mich vor der Anziehung, die Sie auf mich ausüben. Ich verlange zwar nicht, geliebt zu werden, aber ich wünsche es mir; nehmen Sie mir diesen Wunsch; gegen Sie selbst flehe ich Sie um Hilfe an.

HERMOKRATES Nun denn, Madame, hier ist meine Hilfe: ich will Sie nicht lieben! Möge meine Gleichgültigkeit Sie heilen; und beenden Sie jetzt ein Gespräch, in dem alles Gift ist für den, der es anhört.

PHOKION Ihr Götter! worauf verweisen Sie mich? auf eine Gleichgültigkeit, die ich vorausgeahnt habe. Ist das Ihre Antwort auf die mutige Offenheit, mit der ich Ihnen meine Lage schildere? Ist denn der Weise für niemand von Nutzen?

HERMOKRATES Ich bin keiner, Madame.

PHOKION Nun gut; doch lassen Sie mir die Zeit, um Fehler an Ihnen zu entdecken, und erlauben Sie, daß ich weiterspreche.

HERMOKRATES *immer noch bewegt* Was wollen Sie mir jetzt noch sagen?

PHOKION Hören Sie mich an. Ihr Ruf ist bis zu mir gedrungen; alle Welt spricht von Ihnen.

HERMOKRATES Weiter, Madame, ich bitte Sie.

PHOKION Verzeihen Sie das Verhalten meines Herzens, das gern lobt, was es liebt. Mein Name ist Aspasia; ich lebte wie Sie in der Einsamkeit, Herrin meiner selbst und eines ansehnlichen Vermögens, in Unkenntnis der Liebe, voller Verachtung für die Anstrengungen, die viele machten, um sie in mir zu wecken...

HERMOKRATES Wie lächerlich mein Entgegenkommen ist!

PHOKION Und in dieser Einsamkeit begegnete ich Ihnen, Sie gingen spazieren, so wie ich auch; ich wußte zunächst nicht, wer Sie sind, doch als ich Sie sah, war ich bewegt; mein Herz schien Hermokrates zu ahnen.

HERMOKRATES Nein, ich kann diesen Bericht nicht mehr ertragen. Im Namen der Tugend, die Sie lieben, Aspasia, wollen wir unser Gespräch beenden; kurz: was sind Ihre Absichten?

PHOKION Mein Bericht erscheint Ihnen zwar leichtfertig, mein Wunsch, den Verstand zurückzugewinnen, ist es jedoch nicht.

HERMOKRATES Und mein Wunsch, mir meinen zu erhalten, sollte mir noch wichtiger sein; so unzugänglich ich auch bin, ich habe Augen, Sie sind reizvoll, und Sie lieben mich.

PHOKION Ich sei reizvoll, sagen Sie? Wirklich? Sehen Sie das, Seigneur, und fürchten Sie, das zu empfinden?

HERMOKRATES Ich will mich dem gar nicht aussetzen, es zu fürchten.

PHOKION Da Sie meinen Reizen ausweichen wollen, haben
Sie also Angst? Sie lieben mich noch nicht, aber Sie fürchten, mich zu lieben: Sie werden mich lieben, Hermokrates, ich kann mich nicht hindern, es zu hoffen.

HERMOKRATES Sie verwirren mich, ich antworte Ihnen
schlecht, und ich schweige.

PHOKION Also gut, Seigneur, gehen wir zu Leontine; ich beabsichtige, einige Zeit hier zu bleiben, und Sie sagen mir
nachher, was Sie darüber beschlossen haben.

HERMOKRATES Gehen Sie schon vor, Aspasia, ich komme
nach.

9. Szene

Hermokrates, Dimas

HERMOKRATES Ich war in dem Gespräch nicht mehr Herr
meiner selbst. Wie soll ich mich entscheiden? Komm einmal her, Dimas: siehst du den jungen Fremden, der da
geht? Ich beauftrage dich damit, seine Handlungen zu
überwachen, folge ihm, so weit du kannst, und prüfe, ob
er ein Gespräch mit Agis sucht; verstehst du mich? Ich
habe stets deinen Eifer geschätzt, du kannst ihn mir nicht
besser beweisen, als indem du genau ausführst, was ich
dir sage.

DIMAS Ihre Sache is gemacht; nich später als nachher bringe
ich Ihnen alles, was er denkt.

Zweiter Akt

1. Szene

Arlequin, Dimas

DIMAS He, verdammt! Komm her, sag ich; seitdem daß die
Neuen da sind, isses nich mehr möglich, mit dir zu reden;
immer bist du heimlich am Tuscheln mit dem Diener, diesem Grashüpfer.

ARLEQUIN Aus Höflichkeit, mein Freund; aber ich liebe
dich darum nicht minder, auch wenn ich mich nicht um
dich kümmere.

DIMAS Aber die Höflichkeit tut nich wolln, daß man un-
freundlich mit mir is, wo ich doch dein alter Kamerad bin
und, zum Henker, der Wein un die Freundschaft, das is
alles eins: um so älter dasse sind, um so besser isses.

ARLEQUIN Der Vergleich ist von gutem Geschmack. Davon
trinken wir die Hälfte, wann immer du willst, und du
trinkst gratis auf meine Kosten.

DIMAS Teufel, wie freigebig! Du sagst das, als täte Geld vom
Himmel runterfalln; hast wohl genug?

ARLEQUIN Mach' dir keine Sorgen.

DIMAS Verflucht und zugenäht, du bistn listiger Vogel; aber
wart nur, ich bin auch einer.

ARLEQUIN He, seit wann bin ich ein Vogel?

DIMAS Is ja schon gut, ich weiß längst, daß du billig zu Geld
gekommen bist, weil daß ich dich vorhin deinen Bestand
hab zählen sehn.

ARLEQUIN Er hat recht, das hat man davon, wenn man über
seine Mittel Bescheid wissen will.

DIMAS *die ersten Worte beiseite* Er tut auf den Leim krie-
chen. Hör mal, Freund, im Kopf von unserm Herrn, da
polterts, da is viel los.

ARLEQUIN Hat der mich auch mein Vermögen zählen
sehen?

DIMAS Ha! viel schlimmer, hol's der Geier; der muß was
riechen von den ganzen Schlichen, weil daß er mich be-
auftragt hat, heimlich hier den schlauen Fuchs zu machen; ich soll die Gedanken von den beiden Leuten aus-
graben, weil daß er denen ihren Absichten nicht traut un
er sie nich richtig kennt, verstehst du das?

ARLEQUIN Nicht ganz; ich spreche also mit einem Fuchs,
mein Freund?

DIMAS Pssst! du darfst von dem Fuchs da nichts verraten; ich
will nur von dir wissen, was daß ich ihm sagen soll. Zuerst
mal fürn Anfang darf man ihm nichts verlauten lassen,
wer die da sind, nich wahr?

ARLEQUIN Hüte dich, mein Lieber!

DIMAS Das laß mich nur machen. Ich hab sie ja auch zum
Schwatzen gebracht, ich tu alles wissen.

ARLEQUIN Du weißt also, wer sie sind?

DIMAS Verdammt, un ob ichs weiß. Die tu ich kennen, von
der Wurzel bis zum Blatt.

ARLEQUIN Oh! oh! Ich dachte, ich wäre der einzige, der sie
kennt.

DIMAS Du! ach du meine Güte! Vielleicht tust du überhaupt
nichts wissen.

ARLEQUIN Oh doch!

DIMAS Ich möchte wetten nich, das kannst du gar nicht, weil
daß das viel zu schwer ist.

ARLEQUIN Jetzt seht euch doch den sturen Bock an! Und
wenn ich dir sage, daß sie es mir selbst gesagt haben?

DIMAS Was?

ARLEQUIN Daß sie Frauen sind.

DIMAS *verblüfft* Das sin Frauen?

ARLEQUIN Wie, du Halunke, das hast du nicht gewußt?

DIMAS Nein, verdammt, kein Wort nich. Ich triumphiere.

ARLEQUIN Verfluchter Fuchs! Verdammter Vogel!

DIMAS Frauen! Jetzt gehts mir aber gut!

ARLEQUIN Ich Unglücksrabe!

DIMAS Was werd ich für ein Tumult machen! Un ein Spaß haben, wenn ich das unter die Leute bringen tu. So ein Spaß!

ARLEQUIN Dimas, du stößt mir das Messer in die Brust.

DIMAS Was schert mich deine Brust! Ha! ha! also Frauen, un hinterm Rücken vom Gärtner Geld verschenken, trotzdem daß er sie in seim Park erwischt. Da gibts, zum Henker, keine Brust nich zu schützen, das muß bestraft werden.

ARLEQUIN Freund, hast du Appetit auf Geld?

DIMAS Da müßte ich einen verrenkten Magen haben, wenn ich keinen nich hätt; wo isses denn, das Geld?

ARLEQUIN Ich werde die Dame zahlen lassen, um meine Blödigkeit zurückzukaufen, das verspreche ich dir.

DIMAS Deine Blödigkeit kommt dich nich billig, ich tu dir's gleich sagen.

ARLEQUIN Ich weiß, sie ist beträchtlich.

DIMAS Anfangshalber verlang ich erstmal, daß mir die ganze Gaunerei erzählt wird. Ha, so was! Wieviel hast du von der Dame eingesteckt, in Münzen und in Goldstükken? Hand aufs Herz.

ARLEQUIN Zwanzig Goldstücke hat sie mir gegeben.

DIMAS Zwanzig Goldstücke! Was 'ne Menge Geld das is. Die Geschichte isn Pachthof wert. Un weiter? Was tut die Dame im Schilde führn?

ARLEQUIN Agis hat ihr Herz bei einem Spaziergang gestohlen.

DIMAS Na un? Warum hat sie nich aufgepaßt?

ARLEQUIN Und jetzt hat sie sich so zurechtgemacht, um auch Agis' Herz einzustecken, ohne daß er es merkt.

DIMAS Sehr gut! das is eine sehr einbringliche Sache für mich; allens das is möglich, wenn ich mit einstecke. Un der kleine Diener Hermidas, is das auch eine Einsteckerin?

ARLEQUIN Das ist auch ein Herz, das ich im Vorbeigehen einstecken könnte.

DIMAS Das tut dir nich zustehn, Philosophenlehrling du; aber da sin sie ja. Mach, dasse was rausrücken.

2. Szene

Arlequin, Dimas, Phokion, Hermidas

HERMIDAS *zu Phokion* Er ist mit dem Gärtner zusammen, wir können jetzt nicht mit ihm sprechen.

DIMAS *zu Arlequin* Sie traun sich nich ran. Sag ihnen, daß ich Bescheid wissen tu über ihre Person.

ARLEQUIN *zu Phokion* Kommen Sie ruhig näher, Madame, ich bin ein Schwätzer.

PHOKION Mit wem sprichst du, Arlequin?

ARLEQUIN Ach, es gibt kein Geheimnis mehr, er hat mich mit einem Trick zum Reden gebracht.

PHOKION Wie! Unglücklicher! Du hast ihm gesagt, wer ich bin?

ARLEQUIN Es fehlt keine Silbe.

DIMAS Ich tu über Ihr verlornes Herz Bescheid wissen und daß man Agis seins einstecken will; ich weiß auch von seinem Geld. Nur was er mir versprochen hat, das wissen wir noch nich.

PHOKION Ach, Corinna, wie schrecklich, jetzt ist mein Plan vereitelt.

HERMIDAS Nein, Madame, verlieren Sie nicht den Mut; Sie brauchen Helfer, wir müssen den Gärtner nur auch gewinnen. Nicht wahr, Dimas?

DIMAS Ich bin ganz Ihrer Meinung, Mademoiselle.

HERMIDAS Und was ist dazu nötig?

DIMAS Man braucht mir nur abzukaufen, was ich wert sein tu.

ARLEQUIN Keinen Pfifferling ist der Gauner wert.

PHOKION Wenn es nur davon abhängt, Dimas: nimm das hier im voraus, und wenn du schweigst, wirst du dein ganzes Leben lang dem Himmel danken, daß du an diesem Abenteuer beteiligt warst; es ist vorteilhafter für dich, als du dir vorstellen kannst.

DIMAS Ergebnis, Madame, ich bin verkauft.

ARLEQUIN Und ich ruiniert; denn ohne mein verfluchtes

Maul flösse das ganze Geld in meine Tasche; nun wird mit meinen Silberlingen der Nichtsnutz da gekauft.

PHOKION Es soll euch genügen, daß ich euch beide reich machen werde; aber reden wir jetzt über das, was mich hergeführt hat und was mich beunruhigt. Hermokrates hat mir zwar versprochen, mich einige Zeit hier zu behalten, aber ich fürchte, er hat seine Meinung geändert, denn er ist im lebhaften Gespräch mit Agis und seiner Schwester, die beide mein Bleiben wünschen. Sag mir die Wahrheit, Arlequin: Ist dir bei ihm nichts über meine Absichten bezüglich Agis entschlüpft? Ich habe dich gesucht, um das zu erfahren, bitte verheimliche mir nichts.

ARLEQUIN Nein, auf Ehre, schöne Dame; nur der durchtriebene Halunke da hat mich in seinem Netz gefangen.

DIMAS Verdammt! Von jetzt an muß aber die Vorsicht dir den Mund stopfen, mein Freund.

PHOKION Wenn du nichts gesagt hast, befürchte ich auch nichts; du wirst von Corinna erfahren, was ich bei dem Philosophen und seiner Schwester erreicht habe; und du, Corinna, da Dimas jetzt zu uns gehört, teilst zwischen Arlequin und ihm auf, was es zu tun gibt. Es gilt jetzt, die Bereitschaft des Bruders und der Schwester zu erhalten.

HERMIDAS Es wird gelingen, keine Sorge.

PHOKION Da sehe ich Agis; rasch, zieht euch zurück! Achtet vor allem darauf, daß Hermokrates uns nicht zusammen überrascht.

3. Szene

Agis, Phokion

AGIS Ich habe Sie gesucht, mein lieber Phokion, Sie sehen mich beunruhigt; Hermokrates ist nicht mehr so gewillt, Ihrem Wunsche nachzugeben; heute bin ich zum ersten Mal mit ihm unzufrieden; er nennt keine vernünftigen Gründe. Ich habe ihn nicht bedrängt in Ihrer Sache, ich war nur anwesend, als seine Schwester über Sie sprach; sie hat alles versucht, um ihn zu überreden; ich weiß nicht, was daraus wird, weil ihr Gespräch unterbrochen wurde und Hermokrates sich um etwas anderes kümmern mußte; doch meine Worte sollen Sie nicht abschrecken, lieber Phokion, drängen Sie ihn noch einmal, ein Freund beschwört sie; ich selbst will auch mit ihm sprechen, und bestimmt werden wir ihn besiegen.

PHOKION Wie! Sie beschwören mich, Agis? Sie mögen es also, wenn ich hier bin?

AGIS Es wird langweilig sein, wenn Sie nicht mehr hier sind.

PHOKION Mich hält hier auch niemand anders mehr als Sie.

AGIS Ihr Herz teilt also die Gefühle meines Herzens?

PHOKION Tausendmal mehr, als ich Ihnen sagen kann.

AGIS Ich möchte Sie gern um einen Beweis dafür bitten: es ist das erste Mal, daß ich den Reiz der Freundschaft koste; Ihnen gelten die ersten Regungen meines Herzens, lehren Sie mich nicht den Schmerz, den der Verlust eines Freundes bedeuten kann.

PHOKION Ich sollte Sie Schmerz lehren, Agis? Wie könnte ich das, ohne selbst sein Opfer zu werden?

AGIS Wie mich Ihre Antwort rührt! Hören Sie weiter: Erinnern Sie sich, daß Sie mir gesagt haben, es hinge nur von mir ab, Sie immer zu sehen? Wenn es so ist, habe ich mir folgendes ausgedacht.

PHOKION Ich bin gespannt.

AGIS Ich kann den Ort hier nicht so bald verlassen, daran hindern mich wichtige Gründe, die Sie eines Tages erfahren werden; doch Sie, Phokion, da Sie Herr Ihres Schicksals sind, sollten hier darauf warten, daß ich über meines entscheiden kann; bleiben Sie für einige Zeit bei uns; Sie werden zwar in der Einsamkeit leben, doch wir sind zusammen, und kann die Welt etwas Schöneres bieten, als die Gemeinschaft zweier edler Herzen, die sich lieben?

PHOKION Ich verspreche es Ihnen, Agis. Nach dem, was Sie gesagt haben, will ich mit Welt nur noch den Ort bezeichnen, an dem Sie sind.

AGIS Ich freue mich! Die Götter haben mich im Unglück zur
Welt kommen lassen, doch jetzt, da Sie bleiben, besänfti-
gen sie sich; es ist das erste Zeichen ihrer Gunst, die sie
von nun an mir vorbehalten werden.

PHOKION Hören Sie, Agis: trotz meiner Freude über Ihre
Gefühle beunruhigt mich etwas; die Liebe könnte bald
diese zärtlichen Gefühle ablösen; ein Freund kann sich
nicht gegen eine Geliebte behaupten.

AGIS Ich und Liebe, Phokion! Der Himmel möge es wollen,
daß Ihre Seele für sie ebenso unzugänglich ist wie meine!
Sie kennen mich nicht; meine Erziehung, meine Gefühle,
mein Verstand, alles verschließt ihr mein Herz; sie hat das
Unglück meiner Familie verursacht, und wenn ich daran
denke, hasse ich das Geschlecht, das sie in uns weckt.

PHOKION *ernst* Wie, Agis, das weibliche Geschlecht ist der
Gegenstand Ihres Hasses?

AGIS Ich werde mein ganzes Leben lang vor ihm fliehen.

PHOKION Dieses Geständnis verändert alles zwischen uns,
Seigneur; ich habe Ihnen versprochen, hier zu bleiben,
aber die Ehrlichkeit verbietet es mir, jetzt ist es nicht
mehr möglich, und ich reise; Sie würden mir eines Tages
Vorwürfe machen; ich möchte Sie nicht täuschen und
gebe Ihnen auch die Freundschaft zurück, die Sie mir geschenkt haben.

AGIS Welch seltsame Sprache, Phokion! Woher kommt der
plötzliche Wechsel? Was habe ich gesagt, das Ihnen mißfallen könnte?

PHOKION Beruhigen Sie sich, Agis; Sie werden mich nicht
vermissen; Sie haben sich vor dem Schmerz gefürchtet,
den der Verlust eines Freundes bedeutet; ich werde ihn
bald empfinden, doch Ihnen wird er unbekannt bleiben.

AGIS Ich sollte aufhören, Ihr Freund zu sein!

PHOKION Sie sind immer noch der meine, Seigneur, aber ich
bin nicht mehr der Ihre; ich bin nur der Gegenstand des
Hasses, von dem Sie eben sprachen.

AGIS Wie, also nicht Phokion?

PHOKION Nein, Seigneur; mein Aufzug täuscht Sie, er ver-

birgt ein unglückliches Mädchen, das unter dieser Verkleidung der Verfolgung durch die Prinzessin entgehen
will. Mein Name ist Aspasia, und ich gehöre einem berühmten Geschlecht an, von dem nur ich allein noch lebe.
Mein ererbtes Vermögen zwingt mich zur Flucht. Die
Prinzessin will, daß ich es mit meiner Hand zusammen
einem ihrer Verwandten ausliefere, der mich liebt und
den ich hasse. Ich habe erfahren, daß sie mich im Fall
einer Weigerung unter irgendeinem Vorwand entführen
lassen will und habe kein anderes Mittel gegen diese Gewalt gefunden, als in der Kleidung hier zu fliehen. Ich
habe von Hermokrates gehört und von der Einsamkeit, in
der er lebt, und bin zu ihm gekommen in der Hoffnung,
wenigstens für eine gewisse Zeit eine Zuflucht zu finden.
Ich bin Ihnen begegnet, Sie haben mir Ihre Freundschaft
angeboten und ich fand Sie der meinen würdig; das Vertrauen, das ich Ihnen entgegenbringe, ist ein Beweis dafür, und ich werde meine Freundschaft bewahren trotz
des Hasses, den Sie von nun an empfinden werden.

AGIS Ich bin so überrascht, daß ich selbst nicht mehr entwir-
ren kann, was ich denke.

PHOKION Aber ich entwirre es für Sie: adieu, Seigneur. Hermokrates wünscht, daß ich mich von hier entferne; Sie
dulden mich nur mit Überwindung; meine Abreise wird
Sie beide befriedigen, und ich werde mir Herzen suchen,
deren Güte mir eine Zuflucht nicht verwehrt.

AGIS Nein, Madame, halten Sie ein... Ihr Geschlecht ist
zwar gefährlich, aber die Unglücklichen muß man achten.

PHOKION Sie hassen mich, Seigneur.

AGIS Nein, sage ich Ihnen, halten Sie ein, Aspasia, Sie sind
in einer bedauernswerten Lage, ich würde es mir vorwer-
fen, wenn sie mich nicht rührte; und wenn es sein muß,
will ich selbst Hermokrates drängen, seine Einwilligung
zu geben, daß Sie bleiben; Ihr Unglück verpflichtet mich
dazu.

PHOKION Sie handeln also nur aus Mitleid für mich; wie entmutigend dieses Abenteuer ist! Der junge Edelmann, den ich heiraten soll, scheint trotz allem achtenswert zu sein; wäre es schließlich nicht besser, statt eine so schreckliche Lage wie meine andauern zu lassen, ich fügte mich?

AGIS Das rate ich Ihnen nicht, Madame; Herz und Hand sollten einander folgen. Ich habe immer sagen hören, das traurigste Schicksal sei, mit jemandem vereint zu werden, den man nicht liebt, das Leben sei dann ein Geflecht von Sehnsüchten, und selbst die Tugend, die uns helfen sollte, wäre dann eine Last; aber vielleicht fühlen Sie, daß Sie den Menschen lieben könnten, den man Ihnen vorschlägt.

PHOKION Oh nein, Seigneur, meine Flucht ist der Beweis für das Gegenteil.

AGIS Dann sehen Sie sich vor; besonders, wenn Sie etwa für einen andern eine geheime Neigung empfinden sollten; vielleicht lieben Sie anderswo, und das wäre noch schlimmer.

PHOKION Nein, versichere ich Ihnen, mir geht es wie Ihnen; ich habe mein Herz bisher nur durch die Freundschaft für Sie empfunden, und wenn Sie mir die Ihre nicht entziehen, möchte ich nie etwas anderes fühlen.

AGIS *verwirrt* Dann setzen Sie sich nicht der Gefahr aus, die Prinzessin wiederzusehen, denn ich bleibe meinem Gefühl treu.

PHOKION Sie haben mich also noch gern?

AGIS Für immer, Madame, um so mehr, da nichts dabei zu befürchten ist; denn zwischen uns geht es nur um Freundschaft; sie ist die einzige Neigung, die ich empfinden kann, und sicher auch die einzige, zu der Sie fähig sind.

PHOKION und AGIS *gleichzeitig* Ach!

PHOKION Niemand ist würdiger als Sie, Seigneur, ein Freund zu sein, doch wäre die Rolle eines Liebhabers Ihnen noch angemessener; nur ist es nicht an mir, Ihnen das zu sagen.

AGIS Ich möchte niemals einer sein.

PHOKION Reden wir also nicht mehr von der Liebe, im übrigen ist das auch gefährlich.

AGIS *etwas verlegen* Da ist, glaube ich, ein Diener, der Sie sucht; vielleicht ist Hermokrates nicht mehr beschäftigt; erlauben Sie, daß ich Sie allein lasse, ich möchte mit ihm sprechen.

4. Szene

Phokion, Arlequin, Hermidas

ARLEQUIN So, Madame Phokion, Ihre Unterhaltung eben war gut bewacht, von drei Posten!

HERMIDAS Hermokrates ist nicht erschienen; aber seine Schwester sucht Sie und hat den Gärtner nach Ihnen gefragt; sie wirkt ein wenig traurig, offenbar gibt der Philosoph nicht nach.

PHOKION Oh, wenn er sich auch sträubt, er fügt sich noch, oder die ganze Kunst meines Geschlechts taugt nichts.

ARLEQUIN Und Seigneur Agis, zeigt sich da etwas, fängt sein Herz schon an zu glimmen?

PHOKION Noch ein oder zwei Gespräche, und ich habe es erobert.

HERMIDAS Wirklich, Madame?

PHOKION Ja, Corinna, du kennst die Gründe meiner Liebe, und die Götter zeigen mir schon den Lohn dafür.

ARLEQUIN Sie werden es auch nicht unterlassen, mir meine Liebe zu belohnen, denn sie ist redlich.

HERMIDAS *zu Arlequin* Still, ich sehe Leontine, wir wollen rasch verschwinden.

PHOKION Hast du Arlequin davon unterrichtet, was jetzt zu tun ist?

HERMIDAS Ja, Madame.

ARLEQUIN Sie werden von meiner Geschicklichkeit entzückt sein.

5. Szene

Phokion, Leontine

PHOKION Ich wollte Sie gerade aufsuchen, Madame, denn ich habe erfahren, was vorgeht; Hermokrates will die mir gewährte Gunst zurücknehmen, und ich bin in einer unbeschreiblichen Verwirrung.

LEONTINE Ja, Phokion; Hermokrates weigert sich mit einer mir unverständlichen Hartnäckigkeit, das gegebene Versprechen zu halten; Sie werden mir raten, ihn noch einmal zu drängen: doch ich komme, um Ihnen zu gestehen, daß ich nichts mehr unternehmen will.

PHOKION Sie wollen nichts mehr unternehmen, Leontine?

LEONTINE Nein, seine Weigerung ruft mich zur Vernunft zurück.

PHOKION Nennen Sie das zur Vernunft zurückkehren? Wie! Ich habe alles versucht, Ihnen meine Gefühle zu erklären, ich habe sie Ihnen endlich erklärt, ich habe mich außer Stand gesetzt, jemals zu genesen, ich habe sogar gehofft, Sie zu rühren, und jetzt wollen Sie, daß ich Sie verlasse! Nein, Leontine, unmöglich; das ist ein Opfer, das mein Herz Ihnen nicht mehr bringen kann; ich Sie verlassen! Woher soll ich die Kraft dazu nehmen? Haben Sie mir nicht alle genommen? Betrachten Sie doch meine Lage! Jetzt wende ich mich an Ihre Tugend und befrage die, sie soll zwischen Ihnen und mir der Richter sein. Ich bin in Ihrem Haus; Sie haben mich hier geduldet; Sie wissen, daß ich Sie liebe; ich bin durchdrungen von der zärtlichsten Leidenschaft, Sie haben sie entzündet – und jetzt soll ich gehen! O Leontine, verlangen Sie mein Leben, zerreißen Sie mein Herz, beides gehört Ihnen; aber verlangen Sie nichts Unmögliches von mir.

LEONTINE Welche Heftigkeit! Nein, Phokion, jetzt fühle ich erst richtig, wie notwendig Ihre Abreise ist, und ich mische mich da nicht mehr ein. Gerechter Himmel! was würde bei dem Ungestüm Ihres Herzens aus dem meinen? Bin ich verpflichtet, mich gegen die Flut von leiden-schaftlichen Äußerungen zu stemmen, die Ihnen ent-strömt? Das hieße immer kämpfen, immer widerstehen und nie siegen. Nein, Phokion, Sie wollen Liebe in mir wecken, nicht wahr? Und nicht den Schmerz darüber, welche zu empfinden; aber ich würde nur diesen empfin-den. Deshalb müssen Sie gehen, ich beschwöre Sie, las-sen Sie mich, wie ich bin.

PHOKION Ich flehe Sie an, schonen Sie mich, Leontine! Der Gedanke abzureisen, raubt mir die Besinnung: ich könnte ohne Sie nicht mehr leben. Der Ort hier wird nur noch meine Verzweiflung kennen. Ich weiß nicht mehr, wo ich bin.

LEONTINE Und weil Sie verzweifelt sind, soll ich Sie lieben? Was ist das für eine Tyrannei?

PHOKION Hassen Sie mich?

LEONTINE Ich sollte es tun.

PHOKION Sind die Regungen Ihres Herzens mir günstig?

LEONTINE Ich will nicht auf sie hören.

PHOKION Gut, aber ich kann es nicht lassen, ihnen zu fol-gen.

LEONTINE Halten Sie ein, ich höre jemanden kommen.

6. Szene

Phokion, Leontine, Arlequin
Arlequin stellt sich wortlos zwischen sie

PHOKION Was will der Diener hier, Madame?

ARLEQUIN Seigneur Hermokrates hat mir befohlen, Ihr Verhalten zu prüfen, weil er Sie nicht kennt.

PHOKION Wenn ich mit Madame zusammen bin, braucht mein Verhalten keinen Spion wie dich.
zu Leontine Sagen Sie ihm bitte, er soll gehen, Madame.

LEONTINE Es ist besser, ich gehe.

PHOKION *leise zu Leontine* Wenn Sie ohne das Versprechen

gehen, ein gutes Wort für mich einzulegen, garantiere ich nicht mehr für meinen Verstand.

LEONTINE *bewegt* Ach!

zu Arlequin Geh, Arlequin; es ist nicht nötig, daß du bleibst.

ARLEQUIN Nötiger, als Sie glauben, Madame; Sie wissen nicht, mit wem Sie es zu tun haben: dieser Herr da hat weniger auf Gelehrsamkeit Appetit als auf gelehrige Damen; ich versichere Ihnen, er würde Ihnen gern etwas beibringen, Madame!

LEONTINE *macht Phokion ein Zeichen* Was meinst du damit, Arlequin? Nichts deutet auf das, was du sagst; es ist wohl ein Scherz.

ARLEQUIN O nein! Sehen Sie, Madame, vorhin hat sein Diener, der auch so ein Schelm ist, mir gesagt: na, wie ist es? Wollen wir Freunde werden? ...Herzlich gern... Wie glücklich du dich preisen kannst, daß du hier bist! ...Gewiß... Feine Leute, deine Herrschaft! ...Wunderbar... und deine Herrin so liebenswert! ...Göttlich... Sag mal, hat sie Liebhaber gehabt? ... So viel sie wollte... Hat sie jetzt welche? ...So viel sie will... Wird sie immer welche haben? ...So viel sie wollen wird... Hat sie Lust zum Heiraten? ... Ihre Lust verrät sie mir nicht... Will sie Jungfer bleiben? ... Ich garantiere für nichts... Wer kommt zu ihr, wer kommt nicht zu ihr? Kommt jemand, kommt niemand? ... So ab und zu. Ist dein Herr in sie verliebt? ... Pssst! Er hat fast den Kopf verloren; wir bleiben nur hier, um uns ihr Herz zu stehlen, damit sie uns heiratet; denn wir haben mehr Geld und mehr Feuer, als man für zehn Ehestände braucht.

PHOKION Jetzt ist es aber genug.

ARLEQUIN Sehen Sie, wie er sich getroffen fühlt; wenn Sie wollen, serviert er Ihnen noch den Nachtisch.

LEONTINE Nicht wahr, Seigneur Phokion, Hermidas hat nur gescherzt, als er das sagte?

Phokion schweigt

ARLEQUIN O je! das verschlägt Ihnen die Sprache, liebe

Herrin! Ihr Herz wird geplündert, es macht sich aus dem Staub. Ich werde Seigneur Hermokrates zu Hilfe holen.

LEONTINE Bleib hier, Arlequin, wo willst du hin? Er soll nicht erfahren, daß man mir von Liebe redet.

ARLEQUIN Wenn der Halunke zu Ihren Freunden gehört, braucht auch niemand zu schreien ›haltet den Dieb‹. Soll die Weisheit sehen, wo sie bleibt; heiraten Sie, dann findet sie noch einen Platz: der Stand der braven Ehefrau hat auch seine Verdienste. Adieu, Madame, vergessen Sie nicht die Verschwiegenheit Ihres lieben Dieners, der Ihnen seinen Gruß entbietet und stumm bleiben wird wie ein Grab.

PHOKION Geh, ich werde dein Schweigen bezahlen.

LEONTINE Wo bin ich? Träume ich? Da sehen Sie, was Sie mir zumuten; aber wer kommt denn da noch?

7. Szene

Hermidas, Leontine, Phokion

HERMIDAS *trägt ein Porträt, das sie Phokion gibt* Hier bringe ich Ihnen das Gewünschte, Seigneur; sehen Sie selbst, ob Sie damit zufrieden sind; es wäre noch besser geworden, wenn mir die Dame Modell gestanden hätte.

PHOKION Wieso bringst du mir das jetzt, wo Madame hier ist? Doch laß sehen: ja, der Gesichtsausdruck ist gut getroffen: da ist die edle, feine Art, das ganze Feuer ihrer Augen; obwohl ich finde, in Wirklichkeit sind sie noch etwas lebendiger.

LEONTINE Offensichtlich sprechen Sie über ein Porträt, Seigneur?

PHOKION Ja, Madame.

HERMIDAS Geben Sie es mir, Seigneur, ich werde die Augen noch verbessern.

LEONTINE Darf man es sehen, bevor Sie es wegtragen?

PHOKION Es ist noch nicht fertig, Madame.

LEONTINE Wenn Sie Ihre Gründe haben, es nicht zu zeigen, will ich nicht darauf bestehen.

PHOKION Da ist es, Madame; aber bitte geben Sie es mir zurück.

LEONTINE Was sehe ich? das bin ja ich!

PHOKION Ich möchte Sie nie aus den Augen verlieren; jede Abwesenheit wäre mir schmerzlich, sei sie auch noch so kurz; dieses Porträt wird sie mir versüßen; sie behalten es?

LEONTINE Ich sollte es Ihnen nicht zurückgeben: doch so viel Liebe nimmt mir den Mut dazu.

PHOKION Weckt diese Liebe nicht auch ein wenig Liebe in Ihnen?

LEONTINE *seufzt* Ach, ich wollte es nicht, aber vielleicht liegt es nicht mehr in meiner Macht.

PHOKION Wie glücklich Sie mich machen!

LEONTINE Ist es also bestimmt, daß ich Sie lieben werde?

PHOKION Versprechen Sie mir nicht Ihr Herz; sagen Sie, daß ich es besitze, Leontine.

LEONTINE *immer noch bewegt* Es wäre nur allzu wahr, Phokion!

PHOKION Ich bleibe also, und Sie sprechen mit Hermokrates?

LEONTINE Das muß wohl sein, allein um mir Zeit zu geben für den Entschluß zu unserer Verbindung.

HERMIDAS Beenden Sie Ihr Gespräch, da kommt Dimas.

LEONTINE Ich bin so erregt, daß ich nicht gesehen werden möchte. Adieu, Phokion, machen Sie sich keine Gedanken; ich kümmere mich um das Einverständnis meines Bruders.

8. Szene

Hermidas, Phokion, Dimas

DIMAS Da tut der Philosoph herkomm', ganz verträumt.
Verschwinden Sie und lassen Sie mir den Platz, dafür daß
ich ihm noch ein bißchen zusetzen tu.

PHOKION Viel Erfolg, Dimas, ich komme wieder, wenn er
weg ist.

9. Szene

Hermokrates, Dimas

HERMOKRATES Hast du Phokion nicht gesehen?

DIMAS Nein, aber ich wollte Ihn' was sagn wegen ihm.

HERMOKRATES So, hast du etwas entdeckt? Ist er oft mit
Agis zusammen? Versucht er, ihn zu treffen?

DIMAS Ach du meine Güte, der hat viel andere Sorgen in
seinem Hirn.

HERMOKRATES *die ersten Worte beiseite* Dieser Anfang läßt
mich das Weitere fürchten. Worum geht es denn?

DIMAS Teufel, es geht um Ihre Vorzüge un daß man Ihre
Weisheit bewundern muß un Ihre Tugend un Ihr schönes
Aussehn.

HERMOKRATES Und woher kommt deine plötzliche Begei-
sterung?

DIMAS Weil daß nämlich wundersame Sachen passieren und
die Einmaligkeit Ihrer Person zeigen; vor lauter Sehnsucht stirbt man und stöhnt man und seufzt und jammert.
Ach, sagt 'ne gewisse Person, wie ich den teuren Menschen lieben tu, den reizenden Mann.

HERMOKRATES Ich weiß nicht, von wem du sprichst.

DIMAS Na, von Ihnen, un dann von eim Jungen, der aber
nur ein Mädchen is.

HERMOKRATES Da kenne ich keinen hier.

DIMAS Sie tun doch wohl Phokion kennen? Na also! Un
bei dem is nur die Kleidung ein Mann, der Rest ist ein
Mädchen.

HERMOKRATES Was schwafelst du da?

DIMAS Sackerment, wie die voll is von Charm. Sie können
sich freun, denn raten Sie ihre Absichten? Ich hab sie darüber räsonnieren hören. Sie will sich für den sterblichsten
Menschen... was red' ich denn, sie will sich für den voll-
kommensten Sterblichen aufbewahren, den es unter allen
Sterblichen gibt, un der heißt Hermokrates.

HERMOKRATES Wie? für mich?

DIMAS Hören Sie, hören Sie.

HERMOKRATES Was wird er noch alles sagen?

DIMAS Wie ich vorhin Ihrem Auftrag gehorchen wollte, da
hab' ich ihn gesehn, wie er sich in die Büsche geschlagen
hat mit seinem Diener Hermidas, das is auch so'n Bürsch-
chen von der gleichen Sorte. Ich lauf' einfach andersrum
un hör' zu, wie die sich ihr Herz ausschütten; un Phokion,
der fängt an: ach, jetzt isses passiert, Corinna, jetzt gibt's
keine Heilung mehr für mich, ich hab' den Mann zu lieb,
ich weiß nich mehr, was ich machen un was ich sagen tun
soll. Aber so was, Madame, wo Sie so schön sind! Na un,
was hab' ich davon, weil daß er doch will, daß ich wieder
gehe! Geduld, Madame. Aber wo is er? Was macht er?
Wo bleibt die Weisheit seiner Person?

HERMOKRATES *bewegt* Halt ein, Dimas.

DIMAS Ich bin gleich fertig un zu Ende. Un was sagt er Ihnen, wenn Sie mit ihm reden tun, Madame? Er schimpft
mit mir, un ich kränke mich. Er zeigt mir, daß er vernünf-
tig is. Ich bin das auch, sag' ich ihm. Sie tun mir leid, sagt
er. Ich mir auch, sag' ich. Na aber, schämen Sie sich nich?
sagt er. Un was tut mir das nützen? sag' ich. Aber Ihre
Tugend, Madame? Aber meine Qual, Monsieur? Tun
sich Tugenden nich vermählen?

HERMOKRATES Es ist genug jetzt, habe ich gesagt, es reicht.

DIMAS Ich finde, Seigneur, Sie sollten das Kind heilen un
auch krank werden wegen ihm, un dann nehmen Sie es

zur Haushälterin; denn wenn man Junggeselle bleiben
tut, begräbt das die Nachkommenschaft eines Menschen,
un für Ihre is das Begräbnis schade. Aber um mal durch
ein Gleichnis zu sprechen: gäb's vielleicht 'ne Möglichkeit, mit Ihren Möglichkeiten mich der Zofe zu emp-
fehlen, weil daß ich doch die ganzen Streiche kenne un
kein Wort davon verraten tu?

HERMOKRATES *die ersten Worte beiseite* Seine Vertraulich-
keit hat mir gerade noch gefehlt. Bleib verschwiegen,
Dimas, ich befehle es dir, es wäre sehr peinlich für die
betreffende Person, wenn ihr Abenteuer bekannt würde;
und ich selbst werde jetzt Ordnung schaffen und sie wegschicken... Ach!

10. Szene

Phokion, Dimas

PHOKION Nun, Dimas, was sagt Hermokrates?

DIMAS Der, der sagt, er will Sie hier behalten.

PHOKION Um so besser!

DIMAS Un dann, dann sagt er, er will Sie nich hier behalten.

PHOKION Das verstehe ich nicht mehr.

DIMAS Na, verdammt, weil er sich selbst nich versteht; der
tappt im Dunkeln mit dem, was er will. Uff! so hat er
zuletzt gemacht; seine ganze Philosophie is auf und
davon, da is kein Gramm mehr übrig.

PHOKION Und wenn noch etwas übrig ist, muß er den
Rest mir überlassen; ein Porträt hat die Prüderie der
Schwester zu Fall gebracht, ich habe auch eines für den
Bruder; denn sein ganzer Verstand verdient gar nicht
den Aufwand einer neuen List. Doch Agis geht mir aus
dem Weg; ich habe ihn kaum gesehen, seit er weiß, wer
ich bin. Vorhin sprach er mit Corinna, vielleicht sucht er
mich?

DIMAS Sie haben's erraten, weil daß er da kommt. Aber

vergessen Sie nich, Madame, daß mein Glück am Ende
der ganzen Geschichte stehn muß.

PHOKION Du kannst es für gemacht ansehen.

DIMAS Schönsten Dank, Madame.

11. Szene

Agis, Phokion

AGIS Wie! Aspasia, wenn ich Sie ansprechen möchte, fliehen Sie?

PHOKION Weil ich vorhin bemerkt habe, daß Sie auch fliehen.

AGIS Ich gebe es zu; aber ich war in großer Unruhe, und ich
bin es auch jetzt noch.

PHOKION Darf man wissen, weshalb?

AGIS Es gibt eine Person, die ich gern habe; doch ich weiß
nicht, ob das, was ich für sie empfinde, Freundschaft ist
oder Liebe, da bin ich noch Anfänger; und ich bin mit der
Bitte gekommen, daß Sie mich darin unterrichten.

PHOKION Ich glaube, ich kenne die Person.

AGIS Das ist nicht schwer zu entdecken für Sie, denn Sie
wissen, daß ich nichts liebte, bevor Sie kamen.

PHOKION Ja, und seit ich hier bin, haben Sie nur mich gesehen.

AGIS Also schließen Sie daraus...

PHOKION Ich bin es, das ergibt sich ganz von allein.

AGIS Ja, Sie sind es, Aspasia, und ich möchte Sie fragen,
woran ich bin.

PHOKION Ich weiß das Wort nicht; sagen Sie mir, woran ich
selbst bin, denn ich bin in der gleichen Lage einem Menschen gegenüber, den ich gern habe.

AGIS Und wer ist das, Aspasia?

PHOKION Wer das ist? Sind die Gründe, die mich schließen
lassen, daß Ihre Gefühle mir gelten, nicht die gleichen für
uns beide? Können Sie nicht auch daraus schließen?

AGIS Es stimmt, Sie hatten noch niemanden gern gehabt, bevor Sie kamen.

PHOKION Ich bin nicht mehr die Gleiche, und ich habe nur Sie gesehen. Alles andere ist klar.

AGIS Ihr Herz ist also meinetwegen in Unruhe, Aspasia?

PHOKION Ja; aber das alles macht uns nicht klüger; wir hatten uns gern, bevor wir in Unruhe waren; haben wir uns nun auf die gleiche Art gern oder anders? Das ist die Frage.

AGIS Wenn wir uns gegenseitig sagen, was wir empfinden, klären wir vielleicht die Sache.

PHOKION Also gut. Fiel es Ihnen vorhin schwer, mir aus dem Weg zu gehen?

AGIS Unendlich schwer.

PHOKION Das fängt schlecht an. Haben Sie mich nicht gemieden, weil Ihr Herz in Aufruhr war, weil Sie mir Ihre Gefühle nicht zu sagen wagten?

AGIS Sie erkennen mich; wie wunderbar Sie sich in mich versenken.

PHOKION Ja, ich erkenne Sie; aber ich sage Ihnen im voraus, daß es Ihrem Herzen darum nicht besser gehen wird; und da sind noch ein Paar Augen, die nichts Gutes verheißen.

AGIS Die betrachten Sie mit großem Vergnügen; einem Vergnügen, das bis zur Erregung geht.

PHOKION Das ist Liebe; ich brauche Sie nicht weiter zu prüfen.

AGIS Ich würde mein Leben hingeben für Sie, tausend Leben würde ich hingeben, wenn ich sie hätte.

PHOKION Beweis auf Beweis: Liebe in den Worten, Liebe in den Gefühlen, in den Blicken; Liebe, wenn es je welche gab.

AGIS Liebe, wie es keine gibt, vielleicht. Doch ich habe Ihnen gesagt, was in meinem Herzen vorgeht; darf ich nicht auch erfahren, was in Ihrem vorgeht?

PHOKION Still, Agis; eine Person meines Geschlechts spricht von ihrer Freundschaft, soviel sie will, doch von ihrer Liebe nie. Außerdem sind Sie bereits viel zu zärtlich, viel zu verstört von Ihrer Zärtlichkeit; und wenn ich Ihnen mein Geheimnis verriete, würde das nur schlimmer.

AGIS Sie haben von meinen Augen gesprochen; ich glaube, Ihre verraten mir, daß Sie nicht unempfindlich sind.

PHOKION Oh, für meine Augen stehe ich nicht ein; die könnten Ihnen vielleicht sagen, daß ich Sie liebe; doch brauche ich mir dann nicht den Vorwurf zu machen, daß ich es Ihnen gesagt habe.

AGIS Gerechter Himmel! In welchen Abgrund der Leidenschaft mich der Zauber dieses Gesprächs stürzt! Ihre Gefühle gleichen den meinen!

PHOKION Ja, das ist wahr; Sie haben es erraten, aber das ist nicht meine Schuld. Doch lieben ist noch nicht alles, man muß auch die Freiheit haben, es einander sagen zu können, und sich die Möglichkeit verschaffen, es immer einander sagen zu können. Und Seigneur Hermokrates, der über Sie bestimmt ...

AGIS Ich achte ihn und liebe ihn. Nur fühle ich bereits, Herzen haben keinen Herrn. Ich muß ihn sehen, bevor er mit Ihnen spricht, denn er könnte Sie heute noch fortschikken, und wir brauchen ein wenig Zeit, um zu überlegen, was wir tun sollen.

DIMAS *erscheint im Hintergrund und singt zur Warnung* Ta – ra – la – la – la!

PHOKION Das ist richtig, Agis; gehen Sie gleich zu ihm; doch müssen wir uns bald wiedersehen, denn ich habe Ihnen noch sehr viel zu sagen.

AGIS Ich auch.

PHOKION Gehen Sie; wenn man uns länger beisammen sieht, habe ich immer Angst, man könnte ahnen, wer ich bin. Adieu!

AGIS Ich verlasse Sie, liebenswerte Aspasia; ich werde mich dafür einsetzen, daß Sie bleiben können; vielleicht ist Hermokrates jetzt nicht mehr beschäftigt.

12. Szene

Phokion, Hermokrates, Dimas

DIMAS *schnell zu Phokion* Der hat verdammt gut dran getan, das Weite zu suchen; hier kommt die Eifersucht in Person.

Geht ab

PHOKION Kommen Sie endlich, Hermokrates? Ist Ihnen, um mich meine Neigung vergessen zu machen, nichts anderes in den Sinn gekommen, als mich vor Sehnsucht vergehen zu lassen? Es gelingt Ihnen nicht, ich bin nur trauriger geworden, aber Sie mir nicht weniger teuer.

HERMOKRATES Mich haben verschiedene Dinge aufgehalten, Aspasia; doch geht es nicht mehr um Neigung; Ihr Aufenthalt hier ist nicht länger vertretbar, er würde Sie ins Unrecht setzen; Dimas weiß, wer Sie sind. Muß ich Ihnen noch mehr sagen? Er kennt das Geheimnis Ihres Herzens; er hat sie belauscht; und weder Sie noch ich sollten uns auf die Verschwiegenheit von seinesgleichen verlassen. Es geht um Ihren Ruf, Sie müssen abreisen.

PHOKION Abreisen, Seigneur! In welchen Zustand schicken Sie mich zurück? Meine Qualen sind tausendmal größer als vorher. Was haben Sie getan, um mich zu heilen? An welcher rühmenswerten Hilfe habe ich den weisen Hermokrates erkannt?

HERMOKRATES Ihre Qualen werden aufhören, wenn ich Ihnen folgendes sage: Sie halten mich für weise, und deshalb lieben Sie mich: ich bin es nicht. Ein wahrer Weiser würde in der Tat glauben, er könne Ihren Seelenfrieden durch seine Tugend retten; doch wissen Sie, weshalb ich Sie wegschicke? Weil ich Angst habe, Ihr Geheimnis könne ruchbar werden und dem Ansehen schaden, das ich genieße; weil ich Sie meiner hochmütigen Furcht opfere, nicht mehr als tugendhaft zu gelten, obwohl es mir gleichgültig ist, ob ich es bin; weil ich nur ein leerer, hoffärtiger Mensch bin, dem weniger an der Weisheit liegt als daran, sie auf verachtenswerte und betrügerische Weise vorzutäuschen. Das ist der Mensch, den Sie lieben.

PHOKION Oh, noch nie habe ich ihn so bewundert.

HERMOKRATES Wieso das?

PHOKION Ach, Seigneur, ist das Ihre einzige List gegen mich? Sie vergrößern meine Schwäche nur, indem Sie Ihre eigene mitleidslos und mutig mit Schande bedecken. Sie sagen, Sie seien nicht weise! Und Sie verblüffen meinen Verstand durch einen glänzenden Beweis des Gegenteils!

HERMOKRATES Einen Augenblick, Madame. Hätten Sie bei mir die gleichen Verwüstungen vermutet, die die Liebe in den Herzen der andern Menschen verursacht? Nun, die niedrigste Seele, die gewöhnlichsten Liebenden, die tollste Jugend kennen keine Erregung, die ich nicht auch gekannt hätte. Argwohn, Eifersucht, Liebestaumel haben mich ergriffen. Erkennen Sie Hermokrates in diesem Bild? Die Welt ist voller Menschen, die mir gleichen. Geben Sie daher eine Liebe auf, Madame, die jeder zufällig gewählte Mann ebenso verdient wie ich.

PHOKION Nein, ich wiederhole es noch einmal, wären die Götter schwach, sie wären es wie Hermokrates! Nie war er größer, nie meiner Liebe würdiger, und nie war meine Liebe der seinen würdiger! Gerechter Himmel! Sie sprechen von meiner Ehre: gibt es eine größere als die, eine dieser Regungen in Ihnen erweckt zu haben, von denen Sie sprechen? Nein, Seigneur, es ist entschieden, ich bitte Sie nicht mehr um die Ruhe meines Herzens, Sie schenken sie mir mit Ihrem Geständnis. Sie beweisen mir nur Ihre Bindung an mich. Sie lieben mich, ich bin beruhigt und entzückt.

HERMOKRATES Ich muß Ihnen noch etwas sagen, als Letztes. Ich werde Ihr Geheimnis aufdecken; ich werde den Mann, den Sie bewundern, entehren; und seine Schande wird auf Sie selbst zurückfallen, wenn Sie nicht abreisen.

PHOKION Nun gut, Seigneur, ich reise; doch bin ich meiner Rache sicher; da Sie mich lieben, wird Ihr Herz sie fühlen. Bringen Sie das meine zur Verzweiflung; fliehen Sie eine Liebe, die den Glanz Ihres Lebens hätte bedeuten können und nun das Unglück des meinen wird. Genießen Sie, wenn Sie wollen, eine barbarische Weisheit, deren grausame Fortdauer durch mein Leid gesichert ist. Ich bin zu Ihnen gekommen, um Hilfe gegen meine Liebe zu erbitten; Sie haben mir keine andere geleistet als zu gestehen, daß Sie mich lieben; und nach diesem Geständnis schicken Sie mich fort; nach einem Geständnis, das meine Liebe noch verdoppelt! Die Götter werden diese Weisheit hassen, die Sie bewahren auf Kosten eines jungen Herzens, das Sie betrogen haben, dessen Vertrauen Sie getäuscht, dessen tugendhafte Absichten Sie mißachtet haben und das nur als Opfer Ihrer brutalen Denkweise gedient hat.

HERMOKRATES Dämpfen Sie Ihre Stimme, Madame; da kommt jemand.

PHOKION Sie stürzen mich in Verzweiflung und erwarten, daß ich schweige!

HERMOKRATES Sie rühren mich mehr, als Sie glauben; aber halten Sie sich zurück.

13. Szene

Arlequin, Hermidas, Phokion, Hermokrates

HERMIDAS *kommt Arlequin hinterhergelaufen* Gib das sofort wieder her! Mit welchem Recht willst du es behalten? Was soll das?

ARLEQUIN Nein, zum Teufel; meine Treue zu meinem Herrn versteht keinen Spaß; ich muß ihm das sagen.

HERMOKRATES *zu Arlequin* Was bedeutet der Lärm? Worum geht es? Was will Hermidas von dir?

ARLEQUIN Ich habe Heimlichkeiten aufgedeckt, Seigneur Hermokrates; es geht um eine sehr wichtige Sache; nur der Teufel und diese Leute hier wissen etwas davon; aber man muß herausfinden, worum es geht.

HERMOKRATES Erkläre das deutlicher.

ARLEQUIN Ich habe vorhin diesen kleinen Burschen entdeckt in einer Haltung, als würde er schreiben: er war in
Gedanken versunken, schüttelte den Kopf, betrachtete
sein Werk; und da sah ich, daß er neben sich eine Schale
mit Farben stehen hatte, Grau, Grün, Gelb, Weiß, in die
er seine Feder tauchte; da ich hinter ihm stand, habe ich
mich vorgebeugt, um das Wunder von einem Brief zu betrachten; und sieh einer den Schelm an! Es waren weder
Wörter noch Sätze, er schrieb ein Gesicht; und das Gesicht, das waren Sie, Seigneur Hermokrates.

HERMOKRATES Ich?

ARLEQUIN Ihr eigenes Gesicht, nur mit dem Unterschied,
daß es kürzer ist als das, was Sie tragen. Allein Ihre Nase
nimmt in Wirklichkeit mehr Platz ein als Ihr ganzer Kopf
auf dem Bild. Ist das erlaubt, die Gesichter der Leute zu
verkleinern, ihre Züge zu verkürzen? Da, sehen Sie, was
Sie darauf für ein Gesicht machen.
Er hält ihm das Porträt hin

HERMOKRATES Das hast du gut gemacht, Arlequin, ich tadle
dich nicht. Aber geh jetzt, ich will prüfen, was das bedeutet.

ARLEQUIN Vergessen Sie nicht, die zwei Drittel Ihres Ge-
sichts zurückzuverlangen.

14. Szene

Hermokrates, Phokion, Hermidas

HERMOKRATES Was haben Sie sich gedacht? Warum haben
Sie mich gemalt?

HERMIDAS Aus einem ganz natürlichen Grund, Seigneur;
ich habe mich gefreut, das Porträt eines berühmten Mannes zu besitzen und es anderen zeigen zu können.

HERMOKRATES Sie tun mir zu viel Ehre an.

HERMIDAS Und außerdem wußte ich, das Porträt wird jemandem Freude machen, für den es sich nicht schickt, darum zu bitten.

HERMOKRATES Und wer ist dieser jemand?

HERMIDAS Das, Seigneur...

PHOKION Schweig, Corinna.

HERMOKRATES Was höre ich! Was sagen Sie, Aspasia?

PHOKION Fragen Sie nicht weiter, Hermokrates, tun Sie mir den Gefallen und begnügen Sie sich mit dem, was Sie wissen.

HERMOKRATES Wie kann ich mich jetzt noch begnügen?

PHOKION Beenden wir das Gespräch, Sie machen mich verlegen.

HERMOKRATES Was ich sehe, ist fast unbegreiflich. Ich weiß nicht, was mit mir geschieht.

PHOKION Ich kann für dieses Abenteuer nicht mehr einstehen.

HERMOKRATES Und mich macht die harte Prüfung schwach.

PHOKION Ach, Corinna, warum hast du dich erwischen lassen?

HERMOKRATES Das ist Ihr Triumph, Aspasia; Sie haben gesiegt, ich ergebe mich.

PHOKION Dann verzeihe ich Ihnen auch die Verlegenheit, in die mein Sieg mich bringt.

HERMOKRATES Nehmen Sie das Porträt zurück, es gehört Ihnen, Madame.

PHOKION Nein, ich nehme es nicht, solange Ihr Herz es mir nicht überläßt.

HERMOKRATES Nichts soll Sie hindern, es zu nehmen.

PHOKION *gibt ihm ihr Porträt* Wenn es so ist, dann werden Sie auch meines schätzen; hier ist es; zeigen Sie mir, daß es Ihnen teuer ist.

HERMOKRATES *drückt seinen Mund auf das Porträt* Finden Sie mich genügend gedemütigt? Ich schlage Ihnen nichts mehr ab.

HERMIDAS Es ist noch nicht vollkommen. Vielleicht erlaubt Seigneur Hermokrates, daß ich es zu Ende male, ich brauche nur einen Augenblick.

PHOKION Da wir allein sind und es nicht lange dauert, sagen
  Sie bitte nicht nein, Seigneur.

HERMOKRATES Sie dürfen mich nicht einer solchen Gefahr
  aussetzen, Aspasia; wir könnten überrascht werden.

PHOKION Das sei der Moment meines Triumphes, sagen Sie;
  er ist kostbar, wir wollen ihn nicht ungenützt lassen: Ihre
  Augen betrachten mich mit einer Zärtlichkeit, die festge-
  halten werden sollte. Sie können Ihre Blicke nicht sehen,
  sie sind bezaubernd, Seigneur. Male, Corinna, male.

HERMIDAS Bitte etwas zur Seite drehen, Seigneur; würden
  Sie mir bitte ins Gesicht sehen?

HERMOKRATES Himmel! Wohin treiben Sie mich?

PHOKION Errötet Ihr Herz über die Geschenke, die es dem
  meinen macht?

HERMIDAS Bitte den Kopf etwas heben, Seigneur.

HERMOKRATES Soll ich, Aspasia?

HERMIDAS Etwas nach rechts drehen.

HERMOKRATES Hören Sie auf, Agis kommt. Gehen Sie,
  Hermidas.

15. Szene

Hermokrates, Agis, Phokion

AGIS Ich wollte Sie bitten, Seigneur, uns Phokion noch für
  eine Weile hier zu lassen; doch ich vermute, auch Sie
  wünschen das, und ein Gespräch darüber ist sicher überflüssig.

HERMOKRATES *beunruhigt* Sie wollen also, daß er bleibt,
  Agis?

AGIS Es täte mir sehr leid, wenn er ginge, und nichts könnte
  mir mehr Freude machen, als wenn er bliebe; man kann
  seine Bekanntschaft nicht machen, ohne ihn zu schätzen,
  und der Verehrung folgt leicht die Freundschaft.

HERMOKRATES Ich wußte nicht, daß Sie bereits so entzückt
  voneinander sind.

PHOKION Wir haben uns allerdings ganz selten gesprochen.

AGIS Vielleicht unterbreche ich gerade ein Gespräch, und so erkläre ich mir die Kälte, mit der Sie mir zuhören; ich gehe also wieder.

16. Szene

Phokion, Hermokrates

HERMOKRATES Was bedeutet dieser Eifer von Agis? Ich weiß nicht, was ich davon halten soll; seit er bei mir ist, habe ich nie etwas bemerkt, was ihn so interessiert hat wie Sie. Kennt er Sie? Haben Sie ihm entdeckt, wer Sie sind, und täuschen Sie mich etwa?

PHOKION Ach, Seigneur, Sie machen mich überglücklich: Sie haben mir gesagt, Sie seien eifersüchtig gewesen; es blieb mir nur noch die Freude, es zu erleben, und die verschaffen Sie mir jetzt: mein Herz dankt Ihnen für Ihre Ungerechtigkeit. Hermokrates ist eifersüchtig, er liebt mich zärtlich, er betet mich an! Er ist ungerecht, aber er liebt mich; was kümmert mich der Preis, zu dem er es mir beweist? Trotzdem muß ich mich rechtfertigen! Agis ist noch nicht weit, ich sehe ihn noch; wir wollen ihn rufen, Seigneur; er soll zurückkommen; ich werde ihn selbst holen; ich will mit ihm reden und Sie werden sehen, ob ich Ihren Argwohn verdiene.

HERMOKRATES Nein, Aspasia, ich erkenne meinen Irrtum; Ihre Offenheit beruhigt mich; rufen Sie ihn nicht, ich ergebe mich; es darf noch niemand wissen, daß ich Sie liebe; lassen Sie mir Zeit, alles zu regeln.

PHOKION Mir ist es recht; da kommt Ihre Schwester, und ich lasse Sie beide allein.

Beiseite Jetzt tut mir seine Schwäche leid. O Himmel, verzeihe meiner List.

17. Szene

Hermokrates, Leontine

LEONTINE Ach, da bist du ja, Bruder; ich suche dich überall.

HERMOKRATES Was wünschst du von mir, Leontine?

LEONTINE Wie hast du dich wegen Phokion entschieden?
Willst du ihn immer noch wegschicken? Er hat vorhin so
viel Achtung vor dir gezeigt, so viel Gutes über dich gesagt, daß ich ihm versprochen habe, er könne bleiben und
du würdest es erlauben. Ich habe ihm mein Wort darauf
gegeben: sein Aufenthalt wird kurz sein, es lohnt nicht,
daß ich es breche.

HERMOKRATES Nein, Leontine, du weißt, wie sehr ich Rück-
sicht auf dich nehme, und meinetwegen sollst du nicht
dein Wort brechen. Wenn du es ihm gegeben hast, dürfen
wir es nicht rückgängig machen; er soll bleiben, solange
er möchte, liebe Schwester.

LEONTINE Ich danke dir für deine Freundlichkeit, Bruder;
Phokion verdient es wirklich, daß man ihm gefällig ist.

HERMOKRATES Ich kenne seinen ganzen Wert.

LEONTINE Außerdem denke ich mir auch, seine Gesellschaft ist vielleicht eine Zerstreuung für Agis; er lebt in
einer Einsamkeit, die einem in seinem Alter ab und zu
widerstrebt.

HERMOKRATES Ab und zu auch in einem anderen.

LEONTINE Da hast du recht; es gibt dann Augenblicke, in
denen man traurig ist. Und oft langweile ich mich sogar;
ich habe den Mut, dir das offen zu sagen.

HERMOKRATES Was heißt Mut? Und wer langweilt sich da
nicht? Sind wir nicht für das Leben in der Gesellschaft
geboren?

LEONTINE Wirklich, man weiß gar nicht, was man tut, wenn
man sich in der Einsamkeit vergräbt; und wir waren sehr
voreilig, als wir einen so unerbittlichen Entschluß faßten.

HERMOKRATES O ja, liebe Schwester, diese Überlegung
habe ich schon seit langem angestellt.

LEONTINE Schließlich gibt es ein Heilmittel für dieses Übel; zum Glück kann man seine Ansichten ändern.

HERMOKRATES Ganz gewiß.

LEONTINE Ein Mann in deinem Alter ist überall willkommen, wenn er seine Situation verändern möchte.

HERMOKRATES Und um dich mache ich mir auch keine Sorgen, du bist liebenswürdig und noch jünger als ich.

LEONTINE Ja, lieber Bruder, es gibt wenig junge Leute, die es mit dir aufnehmen können; und dein Herz als Geschenk wird niemand verachten.

HERMOKRATES Und ich versichere dir, daß man auf dein Herz gar nicht warten wird, um dir sein eigenes zu schenken.

LEONTINE Es würde dich also nicht wundern, wenn ich bestimmte Absichten hätte?

HERMOKRATES Es hat mich immer gewundert, daß du keine hattest.

LEONTINE Aber wenn du so sprichst, warum hast du dann keine?

HERMOKRATES Wer weiß? Vielleicht habe ich welche?

LEONTINE Ich wäre entzückt, Hermokrates; wir haben nicht mehr Vernunft als die Götter, die schließlich die Ehe eingeführt haben; und ich glaube, ein Ehemann ist durchaus soviel wert wie ein Einsiedler. Denk' einmal darüber nach; wir sprechen noch ausführlicher darüber. Adieu.

HERMOKRATES Ich habe noch einiges zu erledigen und komme gleich nach.

Beiseite Wie ich sehe, sind wir beide in einer schönen Verfassung, Leontine und ich. Ich weiß nicht, auf wen sie es abgesehen hat; vielleicht auf jemanden, der auch zu jung ist für sie, so wie Aspasia für mich. Wie schwach wir sind! Doch muß man seinem Schicksal folgen.

Dritter Akt

1. Szene

Phokion, Hermidas

PHOKION Komm her, Corinna, ich möchte mit dir reden.
Alles verspricht einen sicheren Erfolg. Nur bedarf es
noch einer kleinen Unterhaltung mit Agis, die er ebenso
wünscht wie ich. Du wirst es nicht glauben, aber bisher ist
uns das nicht gelungen. Hermokrates und seine Schwester weichen mir nicht von der Seite; sie wollen beide in
aller Heimlichkeit die Ehe mit mir schließen; ich weiß
nicht, wie viele Maßnahmen für diese imaginären Hochzeiten schon ergriffen sind. Nein, es ist nicht zu glauben,
wie sehr die Liebe diese angeblich weisen Köpfe verwirrt;
und ich mußte mir ihr Gerede anhören, weil ich mit Agis
noch nicht im reinen bin. Er liebt mich zärtlich als Aspasia, könnte es sein, daß er mich als Leonida haßt?

HERMIDAS Nein, Madame, führen Sie Ihren Plan zu Ende;
nach allem, was die Prinzessin Leonida getan hat, muß sie
ihm noch liebenswerter erscheinen als Aspasia.

PHOKION Ich denke wie du; doch ist schließlich seine Familie durch meine umgekommen.

HERMIDAS Ihr Vater hat den Thron geerbt und nicht
geraubt.

PHOKION Trotz allem. Ich liebe und ich bange. Dennoch will
ich so handeln, als sei ich des Erfolges sicher. Sag, hast du
meine Briefe ins Schloß bringen lassen?

HERMIDAS Ja, Madame; Dimas hat mir, ohne zu wissen wo-
für, einen Boten verschafft, dem ich sie gegeben habe;
und da der Weg zum Schloß nicht weit ist, werden Sie bald
Antwort bekommen. Aber welche Anweisungen haben
Sie Seigneur Ariston erteilt, an den die Briefe gerichtet
sind?

PHOKION Ich habe ihm geschrieben, er solle dem Überbrin-
ger der Briefe folgen und mit der Wache und meiner Kutsche hierher kommen; ich will, daß Agis diesen Ort als
Prinz verläßt. Und während ich hier auf ihn warte, stellst
du dich bitte an den Eingang des Parks und sagst mir Bescheid, sobald Ariston da ist. Geh und mache das Maß
deiner Gefälligkeiten mir gegenüber voll.

HERMIDAS Ich eile. Doch sind Sie Leontine noch nicht los;
da kommt sie.

2. Szene

Leontine, Phokion

LEONTINE Ich habe Ihnen etwas zu sagen, lieber Phokion.
Unser Schicksal ist entschieden; die Schwierigkeiten sind
bald überwunden.

PHOKION Ja, dem Himmel sei Dank.

LEONTINE Ich hänge von niemandem ab, und wir werden
uns für immer vereinen. Ich hatte Ihnen gesagt, daß ich
dieses Schauspiel nicht hier geben möchte, doch erscheinen mir die Maßnahmen, die wir dafür getroffen haben,
etwas unpassend: Sie haben eine Kutsche bestellt, die uns
wenige Schritte vom Haus erwarten soll, nicht wahr?
Wäre es nicht besser, statt zusammen aufzubrechen, ich
führe als erste und erwartete Sie in der Stadt?

PHOKION Ja, da haben Sie recht; fahren Sie, das ist sehr gut
so!

LEONTINE Ich will mich sofort bereit machen, und in zwei
Stunden bin ich nicht mehr hier; aber, Phokion, beeilen
Sie sich, mir nachzukommen.

PHOKION Gehen Sie erst einmal und beeilen Sie sich selbst.

LEONTINE Wieviel Liebe Sie mir schulden!

PHOKION Ich weiß, Ihre Liebe ist unbezahlbar, doch verlieren Sie jetzt keine Zeit.

LEONTINE Nur Sie allein konnten mich zu dem Schritt ver-
anlassen, den ich jetzt unternehme.

PHOKION Ihr Schritt ist ganz harmlos, und Sie setzen sich keinerlei Gefahr damit aus; nun gehen Sie und machen Sie sich bereit.

LEONTINE Ach, wie ich Ihren drängenden Eifer liebe; möge er doch immer währen!

PHOKION Und möge er den Ihren wecken, denn Ihr Zögern läßt mich die Geduld verlieren.

LEONTINE Ich muß Ihnen gestehen, daß mich hin und wieder eine merkwürdige Traurigkeit überfällt.

PHOKION Sind solche Überlegungen jetzt angebracht? Ich fühle nur Freude in mir.

LEONTINE Verlieren Sie nicht die Geduld, ich gehe, denn da kommt mein Bruder, und den möchte ich im Augenblick nicht treffen.

PHOKION Auch noch der Bruder! Nimmt das denn nie ein Ende!

3. Szene

Hermokrates, Phokion

PHOKION Nun, Hermokrates, ich dachte, Sie seien mit den Vorbereitungen für Ihre Abreise beschäftigt.

HERMOKRATES Ach, meine teure Aspasia, wenn Sie wüßten, welcher Kampf in mir tobt.

PHOKION Ach, und wenn Sie wüßten, wie leid ich es bin, mit Ihnen zu kämpfen. Was bedeutet das? Bei Ihnen ist man vor nichts sicher.

HERMOKRATES Verzeihen Sie meine Erregung einem Mann, dessen Herz mehr Kraft versprach.

PHOKION Ihr Herz macht sehr viele Umstände, Hermokrates. Seien Sie so erregt wie Sie wollen, nur fahren Sie ab, wenn Sie schon nicht hier heiraten wollen.

HERMOKRATES Ach!

PHOKION Dieser Seufzer bringt nichts voran.

HERMOKRATES Ich muß Ihnen noch etwas sagen, Aspasia, etwas, was mir sehr peinlich ist.

PHOKION Nie werden Sie fertig, immer bleibt noch ein Rest.

HERMOKRATES Soll ich Ihnen alles anvertrauen? Ich habe Ihnen mein Herz überlassen und werde der Ihre sein, also gibt es nichts mehr zu verbergen.

PHOKION Weiter.

HERMOKRATES Ich erziehe Agis von seinem achten Lebensjahr an; ich kann ihn nicht so schnell verlassen; erlauben Sie, daß er eine Weile mit uns zusammenlebt und daß er uns nachkommt.

PHOKION Wer ist er denn?

HERMOKRATES Unsere Interessen werden sich bald vereinen, daher sollen Sie ein großes Geheimnis erfahren; Sie haben gewiß von Cleomenes gehört; Agis ist sein Sohn, der als Kind dem Gefängnis entronnen ist.

PHOKION Ihr Geheimnis ist in guten Händen.

HERMOKRATES Urteilen Sie selbst, mit welcher Umsicht ich ihn verbergen muß und was ihm von einer Prinzessin widerfahren wird, die ihn überall suchen läßt und offensichtlich nur auf seinen Tod sinnt.

PHOKION Sie gilt jedoch als gerecht und großmütig.

HERMOKRATES Darauf verlasse ich mich nicht; sie stammt aus einem Geschlecht, das weder das eine noch das andere ist.

PHOKION Es heißt, sie wolle Agis heiraten, wenn sie ihn findet, um so mehr, da sie beide das gleiche Alter haben.

HERMOKRATES Selbst wenn das der Fall wäre: der gerechte Haß, den Agis ihr gegenüber empfindet, würde das verhindern.

PHOKION Ich dachte, der Ruhm, seinen Feinden zu vergeben, sei mindestens ebenso groß wie die Ehre, sie stets zu hassen, vor allem, wenn die Feinde an dem Übel, das sie uns bereitet haben, schuldlos sind.

HERMOKRATES Wenn es bei der Aussöhnung nicht einen Thron zu gewinnen gäbe, hätten Sie recht, doch dieser Preis vergiftet alles; wie auch immer, davon kann keine Rede sein.

PHOKION Agis wird sich freuen.

HERMOKRATES Er bleibt nicht lange bei uns; unsere Freunde
bereiten einen Krieg vor, an dem er teilnehmen wird; die
Dinge entwickeln sich gut und zeigen vielleicht bald ein
neues Gesicht.

PHOKION Will man sich der Prinzessin entledigen?

HERMOKRATES Sie ist nur die Erbin der Schuldigen; das
würde bedeuten, ein Verbrechen durch ein neues zu
rächen, und dazu wäre Agis nicht fähig; es genügt sie zu
besiegen.

PHOKION Ich nehme an, das ist alles, was Sie mir zu sagen
haben; nun treffen Sie Ihre Vorbereitungen zur Abreise.

HERMOKRATES Adieu, liebe Aspasia; in einer, höchstens
zwei Stunden bin ich nicht mehr hier.

4. Szene

Phokion, Arlequin, Dimas

PHOKION Bin ich nun endlich frei? Sicher wartet Agis darauf, mit mir zu reden; doch zittere ich bei dem Gedanken
an seinen Haß gegen mich. Aber was wollen die beiden da
noch?

ARLEQUIN Ihr ergebener Diener, Madame.

DIMAS Meine Reverenz, Madame.

PHOKION Leise!

DIMAS Da brauchen Sie nichts zu befürchten tun, wir sin
alleins.

PHOKION Was wollt ihr von mir?

ARLEQUIN Eine Kleinigkeit.

DIMAS Ja, wir tun nur herkomm' zum Abrechnen.

ARLEQUIN Um zu wissen, wie wir miteinander stehen.

PHOKION Worum geht es? Macht schnell, ich habe es eilig.

DIMAS Ach, sieh mal an; haben wir nicht gute Arbeit für Sie
geleistet, ja oder nein?

PHOKION Ja, ich war sehr zufrieden mit euch beiden.

DIMAS Un Ihre eigene Arbeit, is die soweit?

PHOKION Ich muß nur noch ein Wort mit Agis sprechen, der auf mich wartet.

ARLEQUIN Sehr gut; da er auf Sie wartet, brauchen wir uns nicht zu beeilen.

DIMAS Tun wir also von den Geschäften reden; ich hab' den Leuten Bären aufgebunden, dasses 'ne Pracht war; ich hab' sie nach Faden und Strich reingelegt.

ARLEQUIN Es gibt keine Spitzbuben, die mit uns vergleichbar wären.

DIMAS Ich hab' mein Gewissen erstickt, un das war nich einfach un verdient sein' guten Lohn.

ARLEQUIN Mal waren Sie ein Junge, und das hat nicht gestimmt; mal waren Sie ein Mädchen, und das haben wir nicht gewußt.

DIMAS Hier Liebe für den ein, da Liebe für den andern. Jedem hab' ich Ihr Herz hingeschmissen und keim tut's gehören.

ARLEQUIN Und Porträts, um gratis Gesichter einzufangen, deren Besitzer dann die ganze Pinselei für bare Münze genommen haben.

PHOKION Seid Ihr bald fertig? Was wollt Ihr eigentlich?

DIMAS Ihr Gemache is bald zu Ende. Wieviel rücken Sie raus fürs Finale?

PHOKION Was meinst du damit?

ARLEQUIN Kaufen Sie das Ende des Abenteuers, wir überlassen es Ihnen zu einem vernünftigen Preis.

DIMAS Tun Sie mit uns den Handel abschließen, oder wir brechen alles ab.

PHOKION Habe ich euch nicht versprochen, euer Glück zu machen?

DIMAS Dann tun Sie doch Ihr Wort mit barer Münze halten.

ARLEQUIN Ja; denn wenn man Gauner nicht mehr braucht, zahlt man sie schlecht.

PHOKION Liebe Kinder, ihr werdet unverschämt.

DIMAS Das is gut möglich.

ARLEQUIN Darüber können wir uns einigen.

PHOKION Ihr bringt mich in Zorn, und hier habt ihr meine

Antwort: wenn ihr mir schadet und nicht verschwiegen seid, lasse ich euch das im Kerker büßen. Ihr wißt nicht, wer ich bin; aber ich sage euch, daß ich die Macht dazu habe. Schweigt ihr aber, halte ich alle meine Versprechungen. Also wählt. Und jetzt befehle ich euch zu verschwinden; macht euren Fehler wieder gut, indem ihr rasch gehorcht.

DIMAS *zu Arlequin* Was machen wir, Kamerad? Mit der is nich gut Kirschen essen; wollen wir noch unverschämt sein?

ARLEQUIN Nein, vielleicht ist das der Weg in den Kerker; und lieber habe ich gar nichts, als vier Mauern um mich herum. Laß uns verschwinden.

5. Szene

Phokion, Agis

PHOKION *beiseite* Ich habe gut daran getan, sie einzuschüchtern. Doch da kommt Agis.

AGIS Endlich finde ich Sie, Aspasia, und kann einen Augenblick offen mit Ihnen reden. Wie habe ich gelitten unter dem Zwang, in dem ich mich befunden habe! Fast habe ich Hermokrates und Leontine gehaßt wegen der Freundschaft, die sie Ihnen ständig beweisen; doch muß Sie nicht jeder lieben? Sie sind so liebenswert, Aspasia, es ist so schön, Sie zu lieben.

PHOKION Wie gern ich das höre, Agis! Auch Sie werden bald wissen, was Ihr Herz mir wert ist. Aber sagen Sie, würde diese Zuneigung, deren Aufrichtigkeit mich entzückt, jede Probe bestehen? Ist nichts in der Lage, sie mir zu rauben?

AGIS Nein, sie wird erst mit meinem Leben enden.

PHOKION Ich habe Ihnen noch nicht alles gesagt, Agis; Sie kennen mich noch immer nicht.

AGIS Ich kenne Ihren Liebreiz; ich kenne die zarten Gefühle Ihrer Seele, nichts kann mich von diesen Kostbarkeiten trennen, und das genügt, um Sie mein ganzes Leben lang anzubeten.

PHOKION O Ihr Götter! Welch eine Liebe! Doch je teurer sie mir wird, desto mehr fürchte ich, sie zu verlieren. Ich habe Ihnen verborgen, wer ich bin, und vielleicht wird meine Geburt Sie abstoßen.

AGIS Ach, auch Sie wissen nicht, wer ich bin und welches Entsetzen mich erfüllt bei dem Gedanken, Sie wollten Ihr Schicksal mit meinem verbinden. Grausame Prinzessin, wie ich dich hasse.

PHOKION Von wem sprechen Sie, Agis? Welche Prinzessin hassen Sie so?

AGIS Die jetzt regiert, Aspasia; meine Feindin und auch Ihre. Doch da kommt jemand, ich kann es jetzt nicht erklären.

PHOKION Es ist Hermokrates. Wie ich ihn verwünsche, weil er uns unterbricht! Ich entferne mich nur einen Augenblick, Agis, und komme zurück, sobald er gegangen ist. Meine Zukunft mit Ihnen hängt nur noch von einem Wort ab. Sie hassen mich, Sie wissen es nur noch nicht.

AGIS Ich, Aspasia?

PHOKION Man läßt mir keine Zeit, Ihnen mehr zu sagen. Reden Sie erst mit Hermokrates.

6. Szene

Agis allein

AGIS Ich begreife nicht, was sie meint. Aber wie dem auch sei, ich kann keine Entscheidung treffen, ohne Hermokrates zu verständigen.

7. Szene

Hermokrates, Agis

HERMOKRATES Einen Augenblick, Prinz, ich muß mit Ihnen sprechen... Ich weiß nicht, wie ich anfangen soll mit dem, was ich Ihnen sagen möchte.

AGIS Was ist der Grund Ihrer Verwirrung, Seigneur?

HERMOKRATES Etwas, was Sie sich vielleicht nie vorgestellt hätten; etwas, was Ihnen zu gestehen ich mich schäme; doch was ich schließlich, wenn ich darüber nachdenke, Ihnen mitteilen muß.

AGIS Worauf läuft diese Rede nur hinaus? Was ist mit Ihnen geschehen?

HERMOKRATES Ich bin ebenso schwach wie jeder andere.

AGIS Welche Art von Schwäche meinen Sie, Seigneur?

HERMOKRATES Die für alle Menschen verzeihlichste, die allgemeinste, aber für mich die am wenigsten erwartete. Sie wissen, was ich über die Leidenschaft gedacht habe, die man Liebe nennt.

AGIS Und ich glaube, Sie haben da ein wenig übertrieben.

HERMOKRATES Ja, das ist möglich; aber was wollen Sie? Ein Einsiedler, der nachdenkt, der studiert, der nur mit seinem Gehirn Umgang hat und niemals mit seinem Herzen, ein Mann, der von seiner Sittenstrenge gefesselt ist, ein solcher Mann ist kaum in der Lage, über bestimmte Dinge richtig zu urteilen; er geht immer zu weit.

AGIS Es gibt keinen Zweifel, Sie waren ins Extrem verfallen.

HERMOKRATES Sie haben recht; ich denke wie Sie; denn was habe ich nicht alles gesagt! Daß diese Leidenschaft eine Torheit sei, närrisch, einer vernünftigen Seele unwürdig; ich nannte sie einen Wahn; aber ich wußte nicht, was ich sagte. Ich zog weder die Vernunft zu Rate noch die Natur; das hieß selbst den Himmel kritisieren.

AGIS Ja; denn im Grunde sind wir zum Lieben geschaffen.

HERMOKRATES Wie könnte es anders sein! Ohne dieses Gefühl bewegt sich nichts.

AGIS Es wird sich vielleicht eines Tages an Ihrer Verachtung
    rächen.

HERMOKRATES Sie drohen mir zu spät.

AGIS Wieso das?

HERMOKRATES Ich bin bestraft.

AGIS Wirklich?

HERMOKRATES Soll ich Ihnen alles sagen? Machen Sie sich
    darauf gefaßt, mich bald meinen Stand wechseln zu se-
    hen, mir an einen andern Ort zu folgen, wenn Sie mich
    lieben: ich reise heute und heirate.

AGIS Ist das der Grund Ihrer Verwirrung?

HERMOKRATES Es ist nicht angenehm, seine eigenen Worte
    zu widerrufen; und meine Umkehr war ein weiter Weg.

AGIS Ich beglückwünsche Sie; bis jetzt wußten Sie gar nicht,
    was das ist, ein Herz.

HERMOKRATES Man hat es mich gelehrt, und von nun an
    täusche ich mich nicht mehr. Wenn Sie übrigens wüßten,
    mit welchem Übermaß an Liebe man mich überlistet hat,
    mit welchem Erfindungsreichtum der Gefühle, Sie wür-
    den sehr schlecht über ein Herz urteilen, das sich nicht
    ergeben hätte. Die Weisheit lehrt uns nicht, herzlos zu
    sein; und das wäre ich gewesen. Man sieht mich mehrmals
    im Wald, man empfindet Zuneigung für mich, man ver-
    sucht, gegen sie anzukämpfen, aber vergebens: man ent-
    schließt sich zu einem Gespräch mit mir, mein Ruf jedoch
    schüchtert ein. Um sich nicht einem schlechten Empfang
    auszusetzen, verkleidet man sich, man wechselt den An-
    zug und wird zu einem bildschönen Jüngling; man kommt
    hierher und wird erkannt. Ich will, daß man sich zurück-
    zieht, glaube sogar, man hat es auf Sie abgesehen; man
    schwört mir: nein. Um mich zu überzeugen, sagt man
    mir: ich liebe Sie, zweifeln Sie daran? Meine Hand, mein
    Vermögen, alles gehört Ihnen, verbunden mit meinem
    Herzen; schenken Sie mir das Ihre oder heilen Sie das
    meine; geben Sie meinen Gefühlen nach oder lehren Sie
    mich, sie zu besiegen; geben Sie mir meinen Gleichmut
    zurück oder teilen Sie meine Liebe; und das alles wird in

einem Ton, mit einem Charme, mit Augen gesagt, daß es den unbezähmbarsten Mann besiegen würde.

AGIS *erregt* Sagen Sie, diese zärtlich Liebende, die sich sogar verkleidet hat, habe ich sie hier gesehen? Ist sie hierhergekommen?

HERMOKRATES Sie ist noch da.

AGIS Ich sehe nur Phokion.

HERMOKRATES Das ist sie; aber verraten Sie kein Wort. Da kommt meine Schwester.

8.Szene

Leontine, Hermokrates, Agis

AGIS *beiseite* Die Falsche! Warum hat sie mich so getäuscht?

LEONTINE Ich möchte dir nur sagen, daß ich eine kleine Fahrt in die Stadt mache, lieber Bruder.

HERMOKRATES So, und zu wem fährst du, Leontine?

LEONTINE Zu Phrosine, die mir geschrieben hat und die mich drängt, sie zu besuchen.

HERMOKRATES Dann sind wir beide abwesend, denn auch ich breche in einer Stunde auf, ich sagte es Agis eben.

LEONTINE Du fährst weg, lieber Bruder! Und zu wem fährst du?

HERMOKRATES Kriton besuchen.

LEONTINE Wie! in die Stadt, wie ich? Das ist ganz außergewöhnlich, daß wir beide dort etwas erledigen wollen; du erinnerst dich daran, was du mir kürzlich gesagt hast: verbirgt deine Reise nicht irgendein Geheimnis?

HERMOKRATES Das ist eine Frage, die mich an der Begründung deiner Reise zweifeln lassen sollte; erinnerst du dich auch an deine Ausführungen?

LEONTINE Hermokrates, reden wir offen miteinander: wir haben uns durchschaut; ich fahre nicht zu Phrosine.

HERMOKRATES Wenn du so mit mir sprichst, will ich nicht weniger offen sein als du; auch ich fahre nicht zu Kriton.

LEONTINE Wohin ich gehe, führt mich mein Herz.

HERMOKRATES Und auch mein Herz schickt mich auf die Reise.

LEONTINE Oh, wenn es so ist: ich heirate.

HERMOKRATES Nun, dann kann ich dir das gleiche bieten.

LEONTINE Um so schöner, Hermokrates! Ich glaube, dank unserm gegenseitigen Geständnis können der von mir Geliebte und ich uns die Kosten der Reise sparen; er ist hier, und da du alles weißt, brauchen wir uns nicht die Mühe zu machen, an einem andern Ort zu heiraten.

HERMOKRATES Du hast recht, und ich fahre auch nicht weg; wir wollen unsere Hochzeiten gemeinsam halten, denn jene, der ich mich schenke, ist ebenfalls hier.

LEONTINE Ich weiß nicht, wo sie ist, aber ich heirate Phokion.

HERMOKRATES Phokion!

LEONTINE Ja, Phokion.

HERMOKRATES Wen bitte? Den, der uns hier aufgesucht hat, zu dessen Gunsten du dich verwendet hast?

LEONTINE Einen anderen kenne ich nicht.

HERMOKRATES Einen Augenblick, den heirate ich auch, und beide können wir ihn nicht heiraten.

LEONTINE Du heiratest ihn, sagst du? Du träumst wohl?

HERMOKRATES Nichts ist wirklicher.

LEONTINE Was soll das bedeuten? Wie! Phokion, der mich mit unendlicher Zärtlichkeit liebt, der mein Porträt hat malen lassen, ohne daß ich es wußte!

HERMOKRATES Dein Porträt! nicht dein Porträt, mein Porträt hat er heimlich malen lassen.

LEONTINE Täuschst du dich nicht? Hier ist seines, erkennst du ihn?

HERMOKRATES Da, Schwester, ist das Gegenstück; dein Porträt stellt einen Mann dar, meines eine Frau; das ist der ganze Unterschied.

LEONTINE Gerechter Himmel! Wie geschieht mir?

AGIS Jetzt ist alles verloren, ich kann mich nicht mehr zurückhalten; mir hat sie zwar kein Porträt geschenkt, aber heiraten soll ich sie auch.

HERMOKRATES Wie, Sie auch, Agis? Welch merkwürdiges Abenteuer!

LEONTINE Ich muß gestehen, ich bin empört.

HERMOKRATES Jetzt helfen keine Klagen; unsere Diener waren bestochen, ich fürchte geheime Absichten; beeilen wir uns, Leontine, verlieren wir keine Zeit; das Mädchen muß sich rechtfertigen und seinen Betrug aufklären.

9. Szene

Agis, Phokion

AGIS *ohne Phokion zu sehen* Ich bin verzweifelt!

PHOKION Sind die Störenfriede endlich weg? Aber was haben Sie, Agis? Sie sehen mich nicht an?

AGIS Was wollen Sie hier? Wer von uns dreien soll Sie heiraten, Hermokrates, Leontine oder ich?

PHOKION Ich verstehe; alles ist entdeckt.

AGIS Wollen Sie mir nicht auch Ihr Porträt schenken, wie den andern beiden?

PHOKION Die andern beiden hätten dieses Porträt nicht bekommen, wenn ich Ihnen nicht das Original hätte schenken wollen.

AGIS Das überlasse ich Hermokrates. Adieu, Falsche! Adieu, Grausame! Ich weiß nicht, welche Namen ich Ihnen geben soll. Adieu für immer. Ich sterbe! ...

PHOKION Halt, lieber Agis; hören Sie mich an.

AGIS Lassen Sie mich, sage ich Ihnen.

PHOKION Nein, ich lasse Sie nie mehr; ich sage Ihnen: Sie sind der herzloseste Mensch, wenn Sie mich nicht anhören.

AGIS Ich! den Sie betrogen haben!

PHOKION Ihretwegen habe ich alle betrogen, und anders ging es nicht; alle meine Listen sind ebenso viele Beweise meiner Zuneigung, und in Ihrem Irrtum beleidigen Sie das zärtlichste Herz, das es je gab. Es fällt mir nicht schwer, Sie zu beruhigen; Sie wissen nichts von der vielen Liebe, die Sie mir schulden, von der vielen Liebe, die ich für Sie empfinde. Aber Sie werden mich lieben, mich achten, mich um Verzeihung bitten.

AGIS Ich verstehe überhaupt nichts.

PHOKION Ich habe alle Mittel angewandt, um Herzen zu hintergehen, deren Zuneigung die einzige Möglichkeit für mich war, Ihre Liebe, Agis, zu gewinnen; diese Liebe war mein einziges Ziel bei allem, was ich unternahm.

AGIS Ach, Aspasia, kann ich Ihnen glauben?

PHOKION Dimas und Arlequin, die mein Geheimnis kennen und mir gedient haben, werden Ihnen bestätigen, was ich sage; fragen sie die beiden, meine Liebe verschmäht es nicht, sie als Zeugen zu nehmen.

AGIS Wäre es möglich, was Sie sagen, Aspasia? Dann hat noch nie ein Mensch so viel Liebe empfunden wie Sie.

PHOKION Das ist noch nicht alles, Agis; die Prinzessin, die Sie als Ihre und meine Feindin bezeichnen...

AGIS Ach, wenn es wahr ist, daß Sie mich lieben, dann müssen Sie vielleicht eines Tages meinen von ihr befohlenen Tod beweinen; sie wird den Sohn von Cleomenes nicht verschonen.

PHOKION Ich bin in der Lage, Sie zum Richter über das Schicksal der Prinzessin zu machen.

AGIS Ich erbitte nichts anderes von ihr, als daß sie uns frei über unseres verfügen läßt.

PHOKION Verfügen Sie über das Leben der Prinzessin; das Herz der Prinzessin liefert es Ihnen aus.

AGIS Das Herz der Prinzessin! Sie sind Leonida, Madame?

PHOKION Ich habe Ihnen gesagt, daß Sie noch nicht das wirkliche Ausmaß meiner Liebe kennen. Hier ist sie ganz.

AGIS *wirft sich ihr zu Füßen* Ich kann die meine nicht mehr ausdrücken.

10. Szene

Leontine, Hermokrates, Phokion, Agis

HERMOKRATES Was sehe ich? Agis zu ihren Füßen!
Nähert sich Wen stellt dieses Porträt dar?
PHOKION Mich.
LEONTINE Und das hier, Betrüger?
PHOKION Ebenfalls mich. Wünschen Sie, daß ich sie zurück-
nehme und Ihnen Ihre eigenen wiedergebe?
HERMOKRATES Hier sind Scherze unangebracht. Wer sind
Sie? Was sind Ihre Absichten?
PHOKION Das werde ich Ihnen gleich erklären, doch lassen
Sie mich erst mit Corinna sprechen, die da kommt.

11. Szene

Hermidas, Dimas, Arlequin und die übrigen Personen

DIMAS Seigneur, am Parktor is alles voll mit Soldaten in
Gardeuniformen und goldnen Kutschen.
HERMIDAS Madame, Ariston ist da.
PHOKION *zu Agis* Kommen Sie, Seigneur, um die Huldigun-
gen Ihrer Untertanen zu empfangen. Es ist Zeit aufzubrechen; Ihre Garde erwartet Sie.
zu Hermokrates und Leontine
Sie, Hermokrates, und Sie, Leontine, die Sie es beide zunächst abgelehnt haben, mich aufzunehmen, Sie ahnen
den Grund meiner Verstellung: ich wollte Agis den Thron
zurückgeben und ihm gehören. Unter meinem eigenen
Namen hätte ich vielleicht sein Herz empört, darum habe
ich mich verkleidet, um ihn zu überlisten; doch wäre das
vergebens gewesen, wenn ich nicht auch Sie getäuscht
hätte. Im übrigen sind Sie nicht zu beklagen, Hermokrates, ich überlasse Ihr Herz Ihrem Verstand, da ist es in
guten Händen. Und Ihnen, Leontine, sind gewiß durch
mein Geschlecht bereits alle Gefühle vergangen, die
meine Täuschung in Ihnen geweckt hatte.

Materialien

Theater

Marivaux schrieb den größten Teil seiner Komödien für zwei Theater: neun für die seit 1680 bestehende Comédie Française und zwanzig für die Comédie Italienne. Deren Truppe hatte 1697 auf Betreiben der bigotten Madame de Maintenon Paris verlassen müssen, war aber 1716, ein Jahr nach dem Tode Ludwig XIV., zurückgekehrt und bildete nun mit ihrem noch von der Commedia dell'arte beeinflußten leichten, sehr mimischen und gestenreichen Spiel einen starken Gegensatz zu dem etwas schwerfälligen, pathetischen Stil der Comédie Française. Natürlich zog die Comédie Italienne auch ein ganz anderes Publikum an, weniger kritisch, aber auch aufgeschlossener. Es ist deshalb nicht verwunderlich, daß der Autor seine Stücke lieber dieser Truppe gab: hier fanden seine sozialen Ideen – man denke etwa an die »Verführbarkeit auf beiden Seiten« – und seine für die damalige Zeit neue, häufig Entrüstung hervorrufende Sprache eine wesentlich bessere Aufnahme als bei dem Publikum der die Tradition wahrenden Comédie Française.

Star der Truppe war Zanetta Benozzi, genannt Silvia, eine offensichtlich äußerst begabte Schauspielerin, die Casanova in seinen Memoiren als »das Idol ganz Frankreichs« bezeichnet hatte, ohne die, wie er behauptete, Marivaux' Komödien »nicht an die Nachwelt gelangt wären«. Für sie schrieb Marivaux seine schönsten Frauenrollen. Aber auch Thomasso Vincentini, genannt Thomassin, der Arlequin der Truppe, war als ebenso guter Akrobat wie Tänzer und Schauspieler beim Publikum sehr beliebt. Man kann im übrigen in Marivaux' Komödien das Älterwerden besonders dieses Schauspielers beobachten: mit zunehmenden Jahren wird die Rolle des Arlequin immer mehr zurückgenommen und stellt immer geringere Anforderungen an ihn. Wenn Marivaux auch nicht Schauspieler war und Theaterleiter wie Molière, so hatte er doch »seine« Truppe, für deren Darsteller er seine Rollen schrieb.

Gerda Scheffel, Nachwort zu › Das Spiel von Liebe und Zufall und andere Komödien‹

Der italienische Schauspieler besitzt die Fähigkeit, seine Worte und Handlungen mit denen seiner Kameraden zu verbinden, während der französische Schauspieler stets seinen eigenen Weg geht, voller Ungeduld, sich seiner Rolle zu entledigen wie einer Bürde, die ihm äußerst beschwerlich ist.

Evariste Gherardi, zit. in Frédéric Deloffre, › Une préciosité nouvelle: Marivaux et le Marivaudage‹

Das Charakteristische an Silvias Spiel war deren Natürlichkeit, eine Eigenschaft, die bei den damaligen Schauspielerinnen wenig geschätzt war. »Alles an ihr war Natur«, sagte Casanova, der sie gut gekannt hatte, »und die Kunst, mit der sie jene vervollkommnete, war stets verborgen.« Diese Natürlichkeit hinderte sie nicht, »in ihren Worten sehr scharfsinnig und geistreich zu sein«. Man erkennt hieran die Art des Spielens, die Marivaux bei seinen Schauspielern zu erreichen suchte, wenn er von ihnen verlangte, sie sollten den Eindruck erwecken, als seien sie sich der Bedeutung dessen, was sie sagten, nicht bewußt.   *Ebd.*

In Marivaux' Komödien ist die Bewegung so aufgegliedert, daß nicht nur jede Szene, sondern jede Replik ein Schritt nach vorn ist. Die Handlung geht voran, oder besser entwickelt sich, durch eine Folge von kleinsten, dem Anschein nach zufälligen Wortassoziationen. Doch nur dem Anschein nach zufällig, denn häufig bestimmt eine der beiden Figuren die Richtung der Assoziation. Gewöhnlich wird durch die

Verknüpfung der Wörter das unbewußte Fortschreiten der Gefühle übersetzt: in der Komödie »Ein zweiter Überfall der Liebe« stützt sich das Gespräch nacheinander auf die Worte *Freundschaft, Eifersucht, lieben, Liebe*. In jedem Fall ist die Form des Fortschreitens der Handlung der Übergang von einem Wort zum andern. Während bei anderen Schriftstellern die Wörter nur eines der sichtbaren Zeichen der dramatischen Handlung sind, sind sie bei Marivaux das eigentliche Gewebe, die eigentliche Materie. *Ebd.*

Es ist behauptet worden, die Komödie ›Die unbedachten Schwüre‹ ähnele der Komödie ›Ein Überfall der Liebe‹, und ich würde dem offen zustimmen, wenn ich das glaubte. Doch sehe ich da einen so großen Unterschied, daß ich mir in bezug auf Gefühle keinen deutlicheren vorstellen kann. Im ›Überfall der Liebe‹ geht es um zwei Menschen, die sich während des ganzen Stückes lieben, doch die das selbst nicht wissen und die erst in der letzten Szene ihre Augen öffnen. In dem Stück hier geht es um zwei Menschen, die sich sofort lieben und das auch wissen, doch die sich verpflichtet haben, es niemals merken zu lassen, und die damit ihre Zeit verbringen, gegen die Schwierigkeit anzukämpfen, ihr Versprechen zu halten und doch gleichzeitig zu brechen. Was eine ganz andere Situation ist, die nichts zu tun hat mit der der Liebenden in dem Stück ›Ein Überfall der Liebe‹. Diesen, ich wiederhole es, ist der Zustand ihrer Herzen unbekannt, sie sind das Spielzeug eines Gefühls, das sie in sich gar nicht vermuten, und genau das macht das Schauspiel, das sie bieten, so unterhaltsam. Die andern dagegen wissen, was in ihnen vorgeht, sie wollen es nicht sagen, doch auch nicht verheimlichen, und darin sehe ich wirklich nichts, was sich ähnelt. Zwar spielt sich bei der einen Situation ebenso wie bei der andern alles im Herzen ab, doch hat dieses Herz viele Arten von Gefühlen, und die Darstellung des einen bedeutet noch nicht die Darstellung des andern.

Vorwort zur Komödie ›Les Serments indiscrets‹

Man könnte ohne große Übertreibung sagen, daß in Frankreich die Geschichte der Marivauxschen Bühnenwerke seit vierzig Jahren unmittelbar mit der Entwicklung der Regiekunst zusammenhängt. Wer hätte einen solchen Bühnenerfolg voraussehen können? Keine Spielpläne mehr ohne Marivaux... Neue Ausgaben, Essays, Kommentare, Sondernummern von Zeitschriften folgen einander. Schauspieler und Schauspielerinnen wollen von nun an Marivaux spielen und spielen ihn noch immer. Weil diese Theaterstücke zweifellos mehr als alle andern enthüllen, wenn man sie zu enthüllen glaubt, mit einem spielen, wenn man sie zu spielen glaubt, und während wir meinen, wir haben es nur mit einer Silvia oder einem Dorante zu tun, das in uns ans Licht bringen, was wir am wenigsten eingestehen wollen.

Jacques Lassalle, Vorwort zu ›Le Jeu de l'amour et du hasard‹, 1985

Marivaux hat für einen französischen Autor ganz besondere Eigenschaften. Wenn man genau überlegt, ist er sogar sehr wenig französisch: er beschreibt keine Charaktere. Aber er macht einen so konkreten psychologischen Gebrauch von der Sprache und den Situationen, daß es absolut verblüffend ist. Er erzählt die Widersprüche, die Lügen, in die sich die Leute einschließen, so wie es die ganz Großen vom Film tun, so wie ausländische Autoren. Er ist ein bißchen das Gegenteil von Molière. Er schreibt nicht den ›Geizigen‹ oder den ›Menschenfeind‹, sondern er beschreibt die täglichen Praktiken der Lüge... Ich meine keinen bestimmten ausländischen Autor, obwohl man stellenweise bei Marivaux – ich weiß überhaupt nicht, ob er ihn kannte, ich glaube nicht – Situationen wie bei Shakespeare findet... Das gilt auch für die Kunst des Dialogs. Die Art und Weise, wie die Menschen einander antworten. Marivaux' Zeitgenossen griffen ihn deshalb an: seine Figuren antworten auf die Worte, niemals auf die Sache selbst. Aber genau das macht man im Leben. Man antwortet auf die Worte, die gerade gesagt wurden, niemals auf das eigentliche Thema.

Patrice Chéreau, Interview, in: Nouvel Observateur, 1985

Das Unverständnis, das man Marivaux entgegenbrachte, richtete sich gegen seine Sprache, seinen Stil ebenso wie gegen den Inhalt seiner Werke, besonders seiner Komödien, in denen, wie viele Interpreten meinten und einige wenige immer noch meinen, ständig nur von Liebe die Rede sei.

Zunächst also einige Worte über den Stil. Was hat es mit ihm auf sich, mit diesem angeblich so preziösen, gekünstelten Stil? D'Alembert sprach in seiner berühmten ›Eloge d'Alembert‹, die alles andere war als ein Lob des Autors und im übrigen erst 1785 erschien, also fast zwanzig Jahre nach seinem Tod, weshalb sie keinesfalls als Zeitdokument betrachtet werden kann, wie es häufig geschieht – d'Alembert also sprach von einer »seltsamen Art zu schreiben« und fuhr dann fort: »Man glaubt sehr geistreiche Ausländer sprechen zu hören, die sich aus einer von ihnen nur unvollständig beherrschten Sprache und ihrer eigenen ein besonderes Gemisch gemacht haben.«

Ein anderer Kritiker des 18. Jahrhunderts charakterisierte Marivaux' Stil so: »Das ist die merkwürdigste Mischung aus subtiler Metaphysik und trivialen Redewendungen, aus ausgeklügelten Gefühlen und volkstümlicher Sprache.«

Man kann aus diesen beiden Zitaten ohne Schwierigkeiten den Schluß ziehen: Marivaux' Sprache und Stil haben seine Zeitgenossen schockiert. Kein Wunder bei einer Nation, die hundert Jahre zuvor eigens eine Akademie als Wächter über die Sprache gegründet hatte. Und jetzt gab es darüber hinaus das ›Dictionnaire néologique‹, das Wörterbuch der Neologismen, das jede sprachliche Neubildung kritisch aufspießte aus Furcht, »die Nation könne in den Augen der Ausländer und das Jahrhundert in denen der Nachwelt entehrt werden«, wie es im Vorwort hieß. Marivaux gehörte darin zu den am häufigsten tadelnd erwähnten Autoren. Das hing mit seiner neuen Betrachtungsweise zusammen. Man muß sich vor Augen halten, daß dem Autor für das, worauf er das Interesse seiner Leser und Zuschauer lenken wollte, nämlich auf psychologische Vorgänge, nur ein beschränktes Vokabular zur Verfügung stand. So fehlten ihm, um nur einige Beispiele zu nennen, Wörter, deren abgewandelte Form im heutigen internationalen Sprachgebrauch so selbstverständlich geworden ist, daß sie hier nicht einmal übersetzt zu werden brauchen. So etwa *intuitif, mental, fictif, sentimental, psychologique*.

Um also das wiederzugeben, was diese Wörter besagen und was Marivaux mit ihnen ausdrücken wollte, erweiterte er den Sinn vorhandener Wörter oder war gezwungen, auf umständliche Wortverbindungen auszuweichen, etwa »finesse de sentiment« in einem Zusammenhang, in dem wir heute »Intuition« sagen würden. Auch das von ihm mehrmals aufgegriffene Thema der Beziehung zwischen »esprit« und »coeur« (Geist und Herz) würde noch deutlicher seine aktuelle Behandlung erkennbar machen, wenn ihm die Begriffe »Intellekt« und »Psyche« zur Verfügung gestanden hätten...

Der Autor war sich der Defizite der ihm zur Verfügung stehenden Sprache durchaus bewußt, doch war er überzeugt, daß man eines Tages für eine differenziertere Sehweise, so wie er sie verstand, auch differenzierendere Begriffe haben würde...

Verblüffen wird es den heutigen Hörer, wenn er erfährt, daß selbst Wendungen wie »l'éducation de l'esprit«, die Erziehung des Geistes, dem Autor vorgeworfen wurden, denn man könne nicht den Geist erziehen, sondern nur Kinder, hieß es im ›Dictionnaire néologique‹. Auch der plastische Ausdruck »tomber amoureux«, wörtlich: ins Verliebtsein fallen, wurde verworfen... Das Dictionnaire néologique bemerkt dazu entrüstet: »Die Liebe wird durch diesen Ausdruck als ein angenehmer Schlagfluß dargestellt.«

Gerda Scheffel, ›Marivaux, Anatom des menschlichen Herzens‹,
Radioessay 1985

Die Originalität des Dialogs bei Marivaux liegt zum großen Teil in der Art, in der die Repliken aneinandergeknüpft sind. »Man antwortet auf das Wort und nicht auf die Sache«, hatte Marmontel gesagt... Das Wiederaufnehmen von Wörtern ist bei ihm ein ganz normales Phänomen, nicht nur in jedem Dialog, sondern auch in jedem andern Text. Seine Intelligenz geht in der Tat völlig linear vor... Er arbeitet gewöhnlich, ohne sich um einen Plan zu kümmern (was nicht heißt, daß seine Komödien nicht sehr geschickt gebaut wären, die Bemerkung betrifft vielmehr die Details innerhalb der Komposition), mit Hilfe von Gedankenassoziationen, bei denen die Wörter natürlich eine wichtige Rolle spielen.

Frédéric Deloffre, ›Une préciosité nouvelle: Marivaux et le Marivaudage‹

Wer in unseren Tagen Marivaux sagt, denkt an einen Dialog. Diese im 18. Jahrhundert unbekannte Bedeutung des Begriffes bildet durch sich selbst eine Art Hommage für einen Meister des dramatischen Stils. Die modernen Interpreten Marivaux' loben einmütig seine außergewöhnliche Kunst auf diesem Gebiet. Natürlich hat es seitdem nicht an brillanten Dialogschreibern auf der Bühne oder im fränzösischen Film gefehlt. Doch niemand vor ihm und niemand nach ihm hat daran gedacht, aus dem Dialog ein autonomes Element zu machen...

Die Marivaudage ist darüber hinaus in einem anderen, nicht weniger gültigen Sinn eine Form der psychologischen und moralischen Erforschung. Noch nie gemachte Beobachtungen forderten neue Wörter. Marivaux, der Schöpfer von Redewendungen und Bildern, die nötig waren, um sie auszudrücken, mußte noch ein anderes Problem lösen: die Möglichkeit finden, sie in sein Erzählwerk einzufügen ohne dessen Faden zu zerreißen. Der Satz, den er zu diesem Zweck ersonnen hat, bedeutet eine Erneuerung, deren Tragweite wir kaum ermessen können. *Ebd.*

»Marivaudieren« heißt mit Wörtern spielen, aber sozusagen auf ernsthafte Weise. Denn die Verpflichtung zur Aufrichtigkeit ist wesentlich für Marivaux, mehrere Anekdoten beweisen es. Und dieses moralische Problem reduziert sich, wenn es aufs Literarische übertragen wird, auf ein Problem des Ausdrucks. Eingestehen, was man nicht einmal sich selbst eingestehen will, ausdrücken, was bis dahin niemandem auszudrücken gelang, das sind die beiden Grundaspekte der Marivaudage.   *Ebd.*

Was die Art des Stils und der Gespräche in der Komödie (›Les Serments indiscrets‹ – G. S.) betrifft, so gebe ich zu, daß sie die gleiche ist wie in dem ›Überfall der Liebe‹ und in einigen anderen Stücken, doch glaube ich deshalb nicht, mich zu wiederholen, auch wenn ich sie hier nochmals angewendet habe. Damit wollte ich nicht mich nachahmen, sondern die Natur, ich habe versucht, den Konversationston ganz allgemein zu treffen. Dieser Ton hat außerordentlich gefallen und gefällt in den andern Stücken auch immer noch als etwas Besonderes, glaube ich. Doch meine Absicht war, daß er als natürlich gefalle, und vielleicht weil er es tatsächlich ist, hält man ihn für etwas Besonderes und wirft mir deshalb vor, ihn immer wieder zu gebrauchen.

Man ist an einen Stil von Autoren gewöhnt, denn jeder Autor hat den ihm eigenen: man schreibt fast nie, wie man spricht; das Abfassen eines Textes gibt dem Geist eine andere Wendung. Überall ist ein Geschmack von überlegten und durchdachten Vorstellungen, dessen Einförmigkeit man nicht merkt, weil man sich an ihn gewöhnt hat; aber wenn einmal ein Autor diesen Stil aufgibt und die Sprechweise der Menschen in ein Werk einführt, und vor allem in eine Komödie, dann ist es gewiß, daß er zunächst Aufsehen erregt. Und wenn er gefällt, gefällt er außerordentlich, um so mehr, da er für neu gehalten wird. Aber wenn er das öfter macht, wird er mit dieser Sprechweise der Menschen keinen Erfolg mehr haben, denn nicht als diese hat sie Aufsehen erregt, sondern nur einfach als die seine, und man ist der Meinung, daß er sich wiederholt.

Ich sage nicht, daß mir das so ergangen ist. Zwar habe ich versucht, die Konversationssprache zu erfassen und die Wendungen der vertrauten und vielfältigen Gedanken, die in sie einfließen, doch schmeichle ich mir nicht, das erreicht zu haben. Ich füge nur noch hinzu, daß unter geistreichen Leuten die Gespräche in der Gesellschaft lebhafter sind als man glaubt und daß alles, was ein Autor tun könnte, um sie nachzuahmen, niemals ihrem Feuer und ihrer subtilen Spontaneität nahekommt.

Vorwort zur Komödie ›Les Serments indiscrets‹

Wenn in Frankreich eine Generation von Menschen käme, deren Geist noch scharfsinniger wäre als er es je bei Menschen in Frankreich oder anderswo gewesen ist, so müßte es neue Wörter, neue Zeichen geben, um die neuen Vorstellungen auszudrücken, zu denen diese Generation fähig wäre; unsere Wörter würden dann nicht mehr genügen, auch wenn die Vorstellungen, die sie ausdrücken, mit den neuerworbenen Vorstellungen Ähnlichkeiten hätten; es ginge dann um einen stärkeren Grad der Wut, der Leidenschaft, der Liebe oder der Bosheit, die man im Menschen entdeckte, und dieser stärkere Grad, den man erst jetzt entdeckte, würde ein eigenes Zeichen, ein eigenes Wort erfordern, das die neue Vorstellung festhielte.

›Betrachtende Prosa‹, S. 277

Es gibt einen bestimmten Grad von Geist und Einsicht, über den hinaus man nicht mehr verstanden wird. Wer ihn überschreitet weiß, daß er ihn überschreitet, doch weiß er das fast nur allein. Oder jedenfalls wissen es so wenige außer ihm, daß es sich nicht lohnt, ihn zu überschreiten.

Mehr noch: ein zu großer Scharfsinn ist sogar ein Nachteil, denn was man davon mehr als die andern hat, überträgt sich stets auf alles, was man macht, und verwirrt nur ihr Verständnis. Man sagt über das hinaus, was nachfühlbar ist, noch anderes, weniger Nachfühlbares, so daß das schwer Verständliche in den geäußerten Gedanken die Freude an dem Verständlichen verdirbt: man wird für unklar gehalten und nicht für scharfsinnig; man wird beschuldigt, glänzen zu wollen, und begeht doch keinen anderen Fehler als den, all das auszudrücken, was einem in den Kopf kommt.

Ebd., S. 250

Ein Mensch, der viel denkt, vertieft die von ihm behandelten Themen, er dringt in sie ein und bemerkt Dinge von außerordentlicher Subtilität, die jedermann nachempfindet, sobald er sie ausgedrückt hat; doch sind sie zu allen Zeiten von nur sehr wenigen Menschen bemerkt worden; und natürlich kann er sie nur durch eine Verbindung von Vorstellungen und Wörtern ausdrücken, der man bisher selten begegnete.
Doch die Kritiker nützen die unvermeidliche Besonderheit des Stils, die das bedingt, gegen ihn aus. Wie preziös sein Stil ist! Aber warum verfällt er auch darauf, soviel zu denken und selbst in den Dingen, die jedermann kennt, Sachen zu entdecken, die nur wenige sehen und die er nur durch einen Stil ausdrücken kann, der zwangsläufig preziös erscheint? Dieser Mensch hat unrecht. Man sollte ihm raten, weniger zu denken.

Ebd., S. 280

Wir haben so viele Schwächen, die man nicht ausdrücken kann, die noch keinen Namen in der Sprache haben.

›La Vie de Marianne‹

Man zeige mir einen berühmten Autor, der die Seele ergründete und in der Darstellung von uns und unsern Leidenschaften nicht einen besonderen Stil entwickelt hätte.

›Betrachtende Prosa‹, S. 282

Ich schildere kein Herz, das nach Wunsch gemacht ist, sondern das Herz eines Mannes, eines Franzosen, der in unsern Tagen wirklich gelebt hat. ›La Vie de Marianne‹

Bis jetzt kennt ihr fast nur Autoren, die beim Schreiben an euch denken und euretwegen versuchen, einen bestimmten Stil anzunehmen.

Ich sage nicht, daß das schlecht sei; aber ihr seht den Menschen dann nicht so, wie er ist. Sein eitles Bemühen um Aufmerksamkeit steckt ihn in ein anderes Gewand, und ich finde, daß es einen Reiz haben kann, den Menschen so zu sehen wie er ist.

Hier ist nun einer, und ganz gewiß kein Neuling. Seine Erziehung, der Umgang in der Gesellschaft und die Gewohnheit nachzudenken haben ihn in die Lage versetzt zu sprechen und angehört zu werden; er hat sich in der Schule der Menschen geformt, aber hat nichts von den Lehren der Eigenliebe angenommen, das heißt von dem geheimen Bedürfnis der Schriftsteller, zu glänzen und zu gefallen.

›Betrachtende Prosa‹, S. 239f.

Liebe

Von allen Leidenschaften, die den Menschen handeln lassen, ist die Liebe stets die stärkste und allgemeinste gewesen ... Mächtiger als die andern, hat sie allein deren gesamte Wirkungen. Sie läßt die Menschen von ihrem Charakter abweichen, schenkt ihnen Tugenden, die die Natur ihnen versagt hat, stößt sie in Verbrechen, die sie mit Abscheu betrachten, verwandelt sie also. Selbst das so sittsame Geschlecht gerät durch die Liebe an Grenzen, die die Schwäche seines Temperaments ihm verboten zu haben schien. Kurz, die Liebe macht zu allem fähig. Klugheit, Einsicht, Pflicht, Dankbarkeit, alles wird geopfert, wenn sie sich unseres Herzens bemächtigt hat. ›Les Effets surprenants de la Sympathie‹

Die wirkliche Liebe ist die Verbindung der Sinnlichkeit mit
der Zärtlichkeit. *›La Réunion des Amours‹*

Das ist ein nichtswürdiger Liebhaber, der eine Frau mehr
begehrt als liebt. Zwar begehrt der rücksichtsvollste Liebhaber auch auf seine Weise, doch mischen sich bei ihm wenigstens die Empfindungen des Herzens mit den Sinnen; das
alles verbindet sich und gibt eine zärtliche, aber keine lasterhafte Liebe, obwohl auch sie zum Laster fähig wäre. Denn
auf dem Gebiet der Liebe werden täglich sehr zartfühlend
höchst grobe Dinge gemacht. *›La Vie de Marianne‹*

Es war eine Mischung von Verwirrung, Freude und Angst,
ja Angst, denn ein junges Mädchen, das hinsichtlich der
Liebe noch in der Lehre ist, weiß nicht, wohin das alles führen wird; unbekannte Regungen erfassen sie, verfügen über
sie, Regungen, die sie nicht beherrscht, sondern von denen
sie beherrscht wird. Und das Ungewohnte dieses Zustands
beunruhigt sie. Zwar findet sie Freude daran, doch erscheint
diese Freude wie eine Gefahr, und auch ihr Schamgefühl
erschrickt. Da ist etwas, das sie bedroht, das sie betäubt,
doch das bereits Macht über sie bekommt. *Ebd.*

Jede Frau versteht, daß man sie begehrt, wenn man ihr sagt:
Ich liebe Sie, und weiß dir nur darum Dank für dieses *Ich
liebe Sie*, weil es bedeutet: *Ich begehre Sie*.
Es bedeutet es in höflicher Form, das gebe ich zu. Der wahre
Sinn dieser Worte ist zwar unkeusch, aber ihr Ausdruck ist
ehrbar, und das Schamgefühl hält sich an die Worte und verzeiht euch deshalb den Sinn.
Wenn das Laster spricht, ist es von einer empörenden Grob-
heit; doch wie liebenswürdig erscheint es, wenn die Galante-
rie seine Worte übersetzt! *›Betrachtende Prosa‹, S. 241 f.*

Das Vergnügen, geliebt zu werden, findet immer seinen Platz, entweder in unserm Herzen oder aber in unserer Eitelkeit. *›La Vie de Marianne‹*

Der Ehrgeiz, geliebt zu werden, spielt den Frauen oft böse Streiche. *›Betrachtende Prosa‹, S. 99*

Die kokette Frau versteht nur zu gefallen, aber nicht zu lieben; und das ist auch der Grund, weshalb sie so geliebt wird. Wenn eine Frau uns ebenso sehr liebt wie sie uns gefällt, gefällt sie uns im allgemeinen nicht sehr lange: ihre Liebe hat bald die Macht ihrer Reize besiegt.

Die tugendhafte Frau, die sich als solche bewiesen hat und infolgedessen glatten Schmeicheleien unzugänglich ist, hat in den Augen sehr vieler Männer kein Geschlecht mehr, so liebenswürdig sie auch sein mag; sie ist keine Frau mehr für sie, sie können nichts mehr anfangen mit ihr. Sagt diesen Männern: sie ist schön, so werden sie euch antworten: sehr schön. Aber das ist nur ein Wort, das sie aussprechen, ohne sich dabei etwas zu denken.

Die wahren Koketten haben weder eine zärtliche noch eine verliebte Seele; sie haben weder Leidenschaft noch Herz. Ich glaube, es würde sie nichts kosten, sittsam zu sein, wenn sie es nicht ab und zu an Sittsamkeit fehlen lassen müßten, um ihre Geliebten zu halten; ihre seltenen Gefälligkeiten erweisen sie nicht aus Schwäche, sondern aus Klugheit. Sie brauchten nicht schwach zu sein; aber ihr seid darauf angewiesen, daß sie es ein wenig sind.

Ein Mann würde sich seiner verliebten Erregungen bei einer Koketten, die er anbetet, sehr schämen, wenn er alles wissen könnte, was in ihrem Kopf vorgeht, und sich in der Rolle sähe, die er bei ihr spielt. Denn sie ist nicht verliebt erregt, sie bleibt gleichmütig, sie spielt die ganze Zärtlichkeit, die sie ihm zeigt, und fühlt allein das Vergnügen, einen Narren zu sehen, einen verwirrten Menschen, dessen Wahnsinn,

Trunkenheit und Erniedrigung ihren Reizen alle Ehre machen. Ich will doch einmal sehen, denkt sie, bis wohin seine Narrheit geht. An seiner Geistesverwirrung kann ich meinen Wert ermessen. Diese Seufzer! diese Schwüre! diese endlosen feurigen Reden! Wie er mich anbetet! Wie er mich vergöttert! Wie er schweigt! Wie er mich betrachtet! Er weiß gar nicht mehr, was er sagt! Ach, meine Eitelkeit darf sehr zufrieden sein: ich bin sicher ungewöhnlich liebenswert, denn er ist ungewöhnlich verrückt.

Manchmal täuscht sie sich auch. Der Mann, den sie als verrückt bezeichnet, ist vielleicht seinerseits nur ein Spitzbube, der glaubt, die Spitzbübin erweicht zu haben und innerlich ausruft: Oh, wie liebenswert ich bin; und wie verrückt sie ist! Man redet über die Koketten, man redet sogar vor ihnen über sie. Man sagt ihnen, wie schändlich es ist, eine zu sein. Sie sagen das selbst in aller Aufrichtigkeit. Es kommt ihnen gar nicht in den Sinn, daß man von ihnen reden könnte, und merkwürdigerweise tut man es auch nicht. Sie gefallen allen anwesenden Männern; und eine Frau, die gefällt, findet man nicht kokett, man findet sie liebenswert.

Ich mag keine koketten Frauen, sagt ein Mann, der den Wählerischen spielt; und die Frau, die er liebt und anbetet, ist die Koketteste von allen.   *Ebd., S. 267f.*

Ist es zu begreifen, was mit mir geschieht? Welch ein Abenteuer, o Himmel! Welch ein Abenteuer! Muß mein Verstand dabei zugrunde gehen?   *›Triumph der Liebe‹, I. 6.*

Ach, ich weiß nicht, wie mir ist; ich muß Atem holen; wieso seufze ich? Meine Tränen fließen, ich fühle mich von tiefster Traurigkeit erfaßt und weiß nicht warum.

›La seconde Surprise de l'Amour‹, III. 11.

Sie müssen wissen, guter Mann, daß wir einen Gouverneur hatten, der mit einer Truppe Soldaten für den König in einen Krieg der Ungarn gegen die Türken zog; einer seiner Verwandten übernahm sein Amt. Einmal nimmt alles ein Ende, heißt es. Also auch dieser Krieg. Unser Gouverneur kam mit einem halben Dutzend frischer Narben in die Gegend zurück. Er war nur noch eine halbe Meile von der Stadt entfernt, da ließ er seiner Frau bestellen, er komme am nächsten Tag, doch sein Pferd sei krepiert und sie solle ihm ein neues schicken, indes er mit zwei ihm befreundeten Saufbrüdern in der Schenke warte. Eine Frau und der Teufel, das ist manchmal ein und dasselbe. Das Teufelsweib sucht also ein junges Pferd im Stall aus, das seit zehn Monaten seine Hufe nicht bewegt hatte und stets mit Hafer gefüttert worden war, und schickt es mit einem Knecht zu ihrem Mann. Der Gouverneur reitet auf ihm los. Als er eine Viertelstunde geritten ist, da schnaubt sein junges Tier durch die Nüstern, weil es eine große Kalklache sieht. Der Reiter gibt ihm die Sporen; Possen! es bockt, schlägt aus, geht vorn und hinten hoch, es setzt sich in Galopp, springt über Gräben und Zäune. Der Gouverneur kann an den Zügeln zerren soviel er will, er tanzt auf dem Sattel, mal sitzt er auf dem Hals des Pferdes, mal auf dessen Hintern. Um es kurz zu machen, sein Pferd geht durch und badet ihn im Fluß. Der Himmel weiß, was er für eine Angst ausgestanden hat, denn er konnte nicht schwimmen. »Oh!« schrie er, bis zum Kinn im Wasser, »ich erkenne, warum das verdammte Biest mich ertränkt; gewiß um mich für die alte Vettel zu bestrafen, die ich von der Armee mitgebracht habe; aber ich werde sie wegjagen wie einen räudigen Hund, wenn ich erst mit meinen zwei Beinen ohne Krücken auf festem Boden laufen kann; das schwöre ich bei allem Wasser, das mir in die Gurgel läuft.«

Ich weiß nicht, ob ihn das gerettet hat, doch hol's der Teufel, sein Pferd hat das Ufer erreicht. Als er bei seinen Dienern anlangte, die ihn dort mit einer Flasche Branntwein erwarteten, um ihm wieder Mut zu machen, sagte er zu der alten

Hexe, die unter ihnen stand: »Scher dich zum Teufel, ich habe versprochen, dir den Laufpaß zu geben; geh wieder nach Ungarn zurück. Man soll ihr mein abgetragenes Wams geben, meine ausgebesserten Strümpfe, meinen alten Hut und ein paar schlechte Perücken. Wenn sie in Frankreich bleiben will, kann sie alte Hüte zum Verkauf ausschreien. Auf, Liebchen, das verdanke ich meiner hündischen Frau, die mir diesen Teufelsgaul geschickt hat, daß ich dich jetzt sitzenlassen muß. Ich werde der Larve einen Denkzettel verpassen, an den sie sich erinnern wird.«

Die arme Ungarische oder Ungarin zog also heulend von dannen. Der Gouverneur kommt zu Hause an, seine Frau geht ihm auf der Treppe entgegen und will ihn umarmen, wie es sich gehört; doch ihr Ehemann versetzt ihr einen Faustschlag und sagt: »Weg hier, alte Napfmorchel«, und wirft sie grob auf die Stufen. Sie ist auf den Rücken gefallen; es heißt, der Gegenschlag habe ihr im Leib geschadet, wo sie nach Meinung der Lästermäuler einen kleinen Gouverneurs-Bastard hatte. Jedenfalls bekam sie einen Anfall und starb mit knirschenden Zähnen. Nach diesem Schlag geschah noch ganz anderes. Der Gouverneur liebte plötzlich seine Frau, als sie verschieden war; sie war aber auch schön wie Kristall, ungelogen. »Ach, meine arme Frau«, schrie er, »ach, wie unglücklich ich bin! Rasch, Branntwein her! Jetzt schließt sie die Augen. Aber sie blinzelt noch; ihr Puls tut keinen Mucks, sie ist kalt wie Brunnenwasser; ich werde also keine Kinder mehr haben von meiner lieben Frau?« Während er diese Worte rief, wollte er mit dem Kopf gegen die Wand rennen, aber man hielt ihn an beiden Armen fest. Doch hatte er einen schlimmen Streich gemacht. Einer seiner Knechte sagte zu ihm: »Sagt, Monsieur, habt Ihr Eure Frau auf den Rücken geschmissen und umgebracht? Sie kann Euch gut auf dem Schafott sterben lassen. Euer Kopf hängt nur noch an einem Fädchen; gebt acht, daß er nicht runterfällt, und laßt uns zusammen abrücken. Auf dieser Welt zählt nur das Leben, und verliert man es, wär's jammerschade um uns.« Der Gouverneur fand, daß sein Knecht recht habe. Er nahm sein Gold und seine Juwelen und machte sich heimlich auf und davon, bevor die Justiz ihn schnappte. ›*Le Télémaque travesti*‹

Solche Reden gewannen Phokion das Vertrauen von Mélicerte, sie erzählte ihm ihren Kummer. Er hatte ihr mitgeteilt, daß Charis Brideron begleitet hatte, um beim Krebsfangen zuzusehen.

Diese Mitteilung verstörte Mélicerte wie eine Henne, der man die Küken wegnimmt: sie wußte, daß die beiden nur zusammen waren, um ungestört miteinander reden zu können; sie fanden so viel Geschmack daran, daß sie erneut zum Krebsfangen gehen wollten, weil, wie sie sagten, die Krebse zu klein gewesen seien und keine Schenkel gehabt hätten. Daraufhin sagte ihnen Mélicerte klipp und klar, daß sie auch mit dabeisein wolle; und da sie merkte, daß das unser Liebespaar verdroß, brach ihr Zorn aus, ohne daß sie auch nur ein bißchen davon zurückhalten konnte.

»Uff«, sagte sie, »ich muß mich entleeren. Sag mal, du Mißgeburt, hältst du mich für deine Herbergsmutter? Soll ich dich auf meine Kosten durchfüttern, um dann zuzusehen, wie du dieser Stumpfnase den Rotz ableckst? Habe ich dich aufgenommen, gekleidet, beherbergt, nur damit ich erlebe, wie ich nach so vielen Wohltaten mit einem Achselzucken belohnt werde? Weil ich zu deinen Krebsen mitgehen will, murmelst du zwischen den Zähnen: die Pest soll das alte Aas holen! Oh, ich wünschte dir, wenn du die Füße ins Wasser steckst, du würdest zum Gründling oder zum Karpfen! Mit welchem Vergnügen ich dich auf meinem Rost braten würde! Mit welcher Freude dich bis zu den Gräten abnagen! Oder wenn du schon in deiner albernen Gestalt am Leben bleibst, dann wünschte ich dir, du würdest von irgendeinem Hauptmann ergriffen, der dir eine Muskete in die Hand drückt und jede Meile zwanzig Stockhiebe versetzt, um dich in Trab zu halten. Ich wünschte dir, Elender, verdammter Fresser, alter Säufer, der du mir schon ein ganzes Weinfaß geleert hast, das ich fürs Dreikönigsfest aufheben wollte, ich wünschte dir, du würdest... Aber wozu das alles? Du wirst in der Hölle braten; dein Bart wird qualmen wie unser Kamin bei starkem Wind. Ich ersticke; gebt mir den Hocker dort, aber vorher schlagt ihr dieser Kaulquappe den Schädel damit ein.«

Während Mélicerte auf diese Weise ihrer Wut Luft machte, sah man, wie sie vor Zorn und Liebe bis zu ihrem Knoten rot wurde und die Haare sich wie kleine Stacheln sträubten; ihre Lippen und ihre Nase weiteten sich, sie stemmte die Arme in die Hüften, ihr erregter, verstörter Busen hob sich wie siedende Milch; die Tränen liefen ihr in den Mund, sie schluckte sie hinunter, ohne ihren Geschmack zu spüren. Eine unüberwindliche Heiserkeit verschloß ihr den Mund; es kam nur noch ein rauher Ton heraus gleich dem, der aus der Kehle eines zu Tode erschöpften Fuhrmannes dringt.

›Le Télémaque travesti‹

Frauen und Ehe

Über die verheirateten Frauen

Die Männer behaupten, Schwäche sei ein natürliches Erbteil der Frauen. Das mag an sich richtig sein. Aber haben wir ein Recht dazu, das zu sagen, oder sogar zu glauben? Betrachten wir zum Beispiel einmal die Aufteilung der Pflichten, die wir in der Ehe zwischen den so schwachen Geschöpfen und uns, die wir so stark sind, vorgenommen haben; da werden wir sehen, ob die Waage gleich steht.

Verheiraten wir ein junges Mädchen mit einem Rohling, denn von diesen Herren gibt es nur allzu viele; in welchem Ton er manchmal mit seiner Frau spricht! Schweigen Sie, Madame; ich will es; lassen Sie mich in Ruhe; Sie wissen nicht, was Sie sagen; ich will es!

Wie demütigend dieses überhebliche *ich will es* ist! Der niedrigste Sklave würde sich mit diesem Satz nicht abfinden. Gibt es eine Seele, für die er nicht grausam ist? Er tritt die

Selbstachtung mit Füßen, und mir tut eine Frau leid, deren Würde einer Lebensgefährtin so verletzt, deren eigener Wille so zerstört wird.

Beklagt sich die Unglückliche (werden die Frauen euch sagen), dann wird es noch schlimmer. Der Rohling nimmt es übel. Lehnt sie sich auf, weil es so oft vorkommt? Dann ist sie verloren; die Gesetze erwarten sie, um sie zu verurteilen, um sie dafür zu strafen, daß sie nicht die Kraft hat, unauffällig zu sterben.

Was muß sie denn tun? Ach, wird man ihr sagen, das ist recht ärgerlich, versuchen Sie sich mit Geduld zu wappnen; nur Ihre Tugenden können Ihnen da helfen. Und das ist so gut, als sagte man ihr: Leide, weine, ächze, seufze, übe Tugenden aus, die sich nicht ausüben lassen, und versuche, dich so bis zu deinem Tode hinzuschleppen, dein Lebensende so gut du kannst zu erreichen; das sind alle Heilmittel, die wir gegen deine Not kennen: Geduld und Tod.

Man nenne uns einen einzigen Punkt, wo wir nicht benachteiligt sind (fügen sicher die Frauen hinzu, denn diese lasse ich sprechen).

Wenn eine Frau sich schlecht verhält, Liebhaber hat, die eheliche Treue bricht, dann gibt es keine Gnade für sie: sie wird eingesperrt, ihr Vermögen beschlagnahmt, man zwingt sie zu einem harten, kargen Leben, sie wird entehrt, und sie verdient es.

Was aber tut man mit einem treulosen Ehemann, der Mätressen hat, mit ihnen zusammenlebt, sich, seine Frau und seine Kinder ihretwegen an den Bettelstab bringt? Was tut man mit dem? Er hat das gleiche getan wie seine Frau, die dafür eingesperrt wird.

Und wir dürfen nicht vergessen, daß die Frau ihre Ausschweifungen so heimlich gemacht hat wie möglich; sie war sogar scheinheilig, aus Angst, Anstoß zu erregen. Ihr Laster war zurückhaltend, es verkroch sich im Dunkeln, sie hat es kaum genossen.

Betrachtet einen treulosen Ehemann. Gibt es etwas Dreisteres als seine Ausschweifungen? Unternimmt er etwas, um sie vor seiner Frau zu verbergen? Ach, was macht das schon, wenn sie es weiß? Er muß nur ihre Tränen sehen, das ist alles. Wird er die Ausschweifungen vor seinen Freunden verbergen? Die würden nur lachen. Vor den andern? Was würden die ihm sagen? Ist er nicht Herr seiner Handlungen? Ist es ihm nicht erlaubt, die Sitten zu verderben und lasterhafte Beispiele zu geben? Was macht das schon!

Doch noch einmal: seine Frau wird bestraft. Und was tut man mit ihm? Das möchten wir gern wissen. Was geschieht mit ihm?

Wo sind die Ehemänner, die man einsperrt, deren Vermögen beschlagnahmt wird? Sind sie wenigstens in der Gesellschaft entehrt? Keineswegs!

Herr X gerät auf Abwege, heißt es. Seine Frau ist reizend, seine Geliebte kommt ihr nicht gleich.

Was bedeutet das: seine Frau ist reizend? Ist das alles, was es dazu zu sagen gibt?

Und wenn er selbst nur ein Pavian ist, häßlich und von schlechtem Charakter, dann verzeiht ihr der reizenden Frau nicht, wenn sie ihn betrügt, während ihr ihm, dem Mann, verzeiht, daß er es mit großem Aufsehen tut, so reizend sie auch ist. Diese Ungerechtigkeit übersteigt alles Vorstellbare.

Wir sagten, daß man ihm, dem Ehemann, verzeiht. Aber das ist noch nicht alles!

Was denn! Seine Ausschweifungen, oder besser seine Liebesaffären machen ihn berühmt; sie machen ihn zu einem Helden, auf den man neugierig ist; man zeigt ihn einander im Theater, belauert den Augenblick, da er einen grüßt. Wo ist er? heißt es; er ist eben gekommen; ach, da ist er ja: das ist er, der berühmte Schänder der moralischen Ordnung.

Und man muß gesehen haben, wie gerade er sich hält, wie er sich aufspielt, und mit welcher überheblichen Selbstsicherheit er sein Gesicht zur Schau stellt.

He, für wen hält man uns eigentlich? (sagen die Frauen wieder). Die Männer sollen das einmal erklären: wollen sie uns die Ausübung der Tugend als eine leichte Sache überlassen, die unsere Kräfte nicht übersteigt? Oder ist diese Tugend so schwer auszuüben, daß nur wir das können? Verdienen nur wir allein, dank der hervorragenden Eigenschaften unseres Geschlechts, welche zu haben, sie zu befolgen und bestraft zu werden, wenn wir es nicht tun?

Sind die Männer dagegen nicht würdig, tugendhaft zu sein? Ist ihre Würdelosigkeit ohne Bedeutung? Wenn dem so ist, sollen sie es nur sagen, und wir werden kein Wort darüber verlieren, wir werden sogar die ersten sein, die die Strafen gerecht empfinden, mit denen man uns überhäuft, wenn wir einen Fehltritt begehen, denn dann sind sie der Beweis für Größe.

Aber daß die Männer die Dreistigkeit haben, uns als schwach zu verachten, während sie für sich die ganze Bequemlichkeit der Laster in Anspruch nehmen und die ganze Schwierigkeit der Tugenden uns überlassen – ist das nicht widersinnig? ›Betrachtende Prosa‹, S. 268 ff.

Wir werfen den Frauen vor, kokett zu sein, hinterhältig und schlecht. Lassen wir sie dazu etwas sagen.

Wenn unsere Koketterie ein Fehler ist, ihr Tyrannen (werden sie uns sagen), wen anders müssen wir dafür anklagen als euch Männer?

Habt ihr uns andere Möglichkeiten gelassen als die elende Beschäftigung, euch gefallen zu müssen?

Wir sind schlecht, sagt ihr? Wagt ihr es, uns das vorzuwerfen? Da ihr uns jeden Einfluß entzieht, jede Tätigkeit, die uns beschäftigt, jedes Mittel, uns Respekt zu verschaffen, so wie ihr euch welchen verschafft, mußten wir uns da nicht mit Geist und Einfallsreichtum für das von eurer Tyrannei uns angetane Unrecht entschädigen? Sind wir nicht eure Gefangenen, und seid ihr nicht unsere Kerkermeister? Was bleibt uns in dieser Lage anderes als List? als ein unwirksamer Mut, den ihr zu der schändlichen Notwendigkeit zwingt, Schlauheit zu werden? Unsere Falschheit ist nur die Frucht unserer Abhängigkeit. Unsere Koketterie ist unser einziges Gut. Wir haben keine anderen Möglichkeiten als die,

Gnade vor euren Augen zu finden. Unsere eigenen Eltern werden uns nur zu diesem Preis los; wir müssen euch gefallen, oder wir altern unbeachtet in ihren Häusern. Nur so entgehen wir eurem Vergessen, eurer Mißachtung; nur indem wir uns den Schimpf antun, unsere guten Eigenschaften und Tugenden, die ihr nicht weiterentwickelt, sondern unterdrückt, durch demütigende Taktiken und sogar Laster zu ersetzen, treten wir aus dem Dunkel, bringen wir euch Achtung bei und sind wir etwas.   *Ebd., S. 271*

Bei der zweiten Frage ging es darum, was man lieber wäre, Mann oder Frau. »Teufel, das kann man schlecht wissen«, bemerkte ein junger Mann, der aussah, als sei er verliebt; »ich würde die Hälfte meines Besitzes dafür geben, wenn ich Mademoiselle Marion gliche; wir sind ein Dutzend Männer, die hinter ihr her sind; und warum sind wir hinter ihr her? Weil wir sie brauchen. Also, hört ihr, wenn jeder von uns sie wäre, wären wir alle zufrieden; adieu Qual und Pein, wir würden uns nichts anderes mehr wünschen.«

»Hört doch den Tölpel an«, sagte ein Alter, sein Onkel. »Siehst du denn nicht, daß du, sobald du Mademoiselle Marion wärst, einen Liebhaber lieben würdest? Und wenn du ihn liebst, möchtest du ihn immer sehn; seine Abwesenheit machte dir Kummer; und du wärst so unzufrieden, allein und Marion zu sein, daß du, weil du nicht dein Liebhaber sein und dich nicht in ihn verwandeln kannst, dich dazu entschließt, wozu sich so viele Mädchen entschließen, nämlich einfach so dich herzugeben. Darum finde ich, daß eine Jungenhaut und eine Mädchenhaut zwei Hülsen sind, von denen die eine so viel taugt wie die andere.« Ein anderer Alter sagte: »Es lebe das Männchen, das hat, wenn es heiratet, nicht nach neun Monaten seine Niederkunft.« »Ach was, Niederkunft!« sagte wieder ein anderer, »es gibt Frauen, die lassen ein Kind sausen wie einen Furz. Aber der Mann, der muß für den Hausstand sorgen.« »Wenn es nur das ist!«, sagte noch ein anderer, »ohne mir viel Mühe zu machen würde ich, wenn ich eine Frau wäre, meinen Mann und meine Kinder ganz allein ernähren; es gibt so viele Häuser, wo das Brot nur über die Frauen hereinkommt!« »Teufel, das taugt nichts«, sagte daraufhin Phokion, »sprich du, mein Sohn, und sag' du deine Meinung.« »Nun ja«, sagte ich, »wenn man ein Junge ist, scheint mir, ist es besser, als man wäre ein Mädchen, und ist man ein Weibchen, so ist es ebenso. Wenn man mir also sagte, bevor ich was wäre: hier, Brideron, fühl, welchen Körper willst du wählen, nun ja, ich nähme den, der mir am meisten schmeicheln würde; man soll nicht so viele Umstände machen. Und damit basta.«

›Le Télémaque travesti‹

Seht, da sind zwei junge Menschen, die sich lieben, man will sie nicht miteinander verheiraten, sie sterben vor Ungeduld; verheiratet sie, und ihr gebt ihnen das Leben zurück, denn sie wollen nichts anderes als das: sie sorgen sich nicht um ihren Lebensunterhalt, sie werden von der Freude leben, zusammen zu sein. Endlich sind sie vereint, und außerdem sind sie noch reich; welche Freude! welcher Taumel! wie glücklich werden sie sein! Ganz und gar nicht; seht sie euch an, zwei Monate später; jeder geht bereits seiner Wege, Monsieur da, Madame dort; sie sehen sich nur, weil sie sich begegnen; was ist aus ihrer Liebe geworden? Sie ist verlorengegangen, als sie ihre Fesseln verlor, sie wurde nicht mehr behindert, nicht mehr gestört, sie war frei und ist an ihrer Freiheit gestorben. Wenn jetzt, da unsere jungen Leute verheiratet sind, ein Verbot käme sich zu sehen und zu lieben, wenn ihr Zusammensein untersagt würde, dann würdet ihr plötzlich ihre Gefühle wieder aufflammen sehen, oder besser ihren Widerspruchsgeist, wie ich schon sagte; ja, ich glaube, um die vielen schlechten Ehen abzuschaffen, brauchte man nur die guten zu verbieten.

›Betrachtende Prosa‹, S. 232

ARTENIS Und die Ehe, so wie sie bisher war, ist eine reine Sklaverei, die wir abschaffen, mein schönes Kind.

LINA Die Ehe abschaffen! Und was kommt an ihre Stelle?

MADAME SORBIN Nichts.

LINA Das ist nicht viel.

ARTENIS Du weißt, Lina, daß die Frauen bis jetzt immer ihren Männern unterworfen waren.

LINA Ja, Madame, das ist eine Sitte, die aber die Liebe nicht verhindert.

MADAME SORBIN Ich verbiete dir die Liebe.

LINA Wenn sie aber da ist, wie kann man sie dann beseitigen? Ich habe sie nicht eingefangen, sie hat mich eingefangen, und außerdem habe ich nichts gegen die Unterwerfung.

MADAME SORBIN Wie bitte, Unterwerfung? du kleine Sklavenseele du, Herrgott nochmal! Unterwerfung, kann so etwas aus dem Mund einer Frau kommen? Ich will das gräßliche Wort nicht noch einmal von dir hören; wir revoltieren, damit du es weißt.

ARTENIS Erregen Sie sich nicht, sie war bei unsern Beratungen ja nicht dabei, weil sie noch zu jung ist; aber ich stehe für sie ein, sobald wir sie unterrichtet haben. Ich versichere Ihnen, sie wird begeistert sein, daß sie in ihrer jungen Ehe genauso bestimmen darf wie ihr Mann, und wenn er sagt: ich will, ihm sagen kann: und ich will nicht.

›Die Kolonie‹, 5. Szene

Wenn unsere Unterdrückung durch unsere Tyrannen auch schon uralt ist, so ist sie darum nicht vernünftiger geworden...

Ebd., 9. Szene

MADAME SORBIN Die Welt ist ein Pachthof, die Götter da oben sind die Herren, und ihr Männer wart immer, solange es Leben gibt, ganz allein die Pächter, aber das ist nicht gerecht. Gebt uns unsern Teil von dem Pachthof, bestimmt ihr und bestimmen wir; gehorcht ihr und gehorchen wir; teilen wir Gewinn und Verlust; seien wir gemeinsam Herren und Knechte; mach das, Frau, mach das, Mann, so muß es heißen, das ist die Form, in die die Gesetze gebracht werden müssen, wir wollen es und verlangen es, wir bestehen darauf. Wollt ihr es nicht? in dem Fall erkläre ich dir, daß deine Frau, die dich liebt und die du lieben solltest, die deine Gefährtin ist, deine Freundin und nicht deine Dienerin, es sei denn, du wärest ihr Diener, ich erkläre dir also, daß du sie los bist, daß sie dich verläßt, daß sie das Band der Ehe zerreißt und dir den Hausschlüssel zurückgibt . . .   *Ebd., 14. Szene*

Lebensdaten und Werke

4.2.1688	Geburt in Paris als Sohn eines Beamten
1698	Der Vater wird Kontrolleur (und zwei Jahre später Direktor) der Münze in Riom (Auvergne)
1710	Marivaux schreibt sich an der Juristischen Fakultät in Paris ein. *Le Père prudent et équitable* (Komödie in Versen)
1712	*Pharsamon ou Les nouvelles Folies romanesques* (Roman)
1713–1714	*Les Effets surprenants de la Sympathie* (Roman) *La Voiture embourbée* (Roman) *Le Bilboquet* (Satire) *Le Télémaque travesti* (Roman)
1716	*L'Iliade travestie* (Burleske in Versen)
1717	Heirat mit Colombe Bologne
1717–1719	Verschiedene Veröffentlichungen im »Mercure«
1719	Geburt einer Tochter, Colombe-Prospère Marivaux bewirbt sich nach dem Tod seines Vaters erfolglos um dessen Posten *La Mort d'Annibal*, einzige Tragödie *L'Amour et la Vérité* (Komödie) *Arlequin poli par l'Amour* (Komödie)
1720	Marivaux verliert durch die Law-Affäre sein gesamtes Vermögen.
1721–1724	(Mit Unterbrechungen) *Le Spectateur français*
1721	Marivaux wird zur juristischen Prüfung zugelassen
1722	*La Surprise de l'Amour* (Komödie)
1723	*La Double Inconstance* Tod seiner Frau
1724	*Le Prince travesti* (Komödie) *La Fausse Suivante* (Komödie) *Le Dénouement imprévu* (Komödie)
1725	*L'Ile des Esclaves* (Komödie) *L'Héritier de Village* (Komödie)
1727	*L'Indigent philosophe* *L'Ile de la Raison* (Komödie) *La seconde Surprise de l'Amour* (Komödie)
1728	*Le Triomphe de Plutus* (Komödie)
1729	*La Nouvelle Colonie ou La Ligue des Femmes* (Komödie)

1730	*Le Jeu de l'Amour et du Hasard*
1731–1742	*La Vie de Marianne* (Roman)
1731	*La Réunion des Amours* (Komödie)
1732	*Le Triomphe de l'Amour* (Komödie)
	Les Serments indiscrets (Komödie)
	L'Ecole des Mères (Komödie)
1733	*L'Heureux Stratagème* (Komödie)
1734	*Le Cabinet du Philosophe*
	La Méprise (Komödie)
	Le Petit-maître corrigé (Komödie)
1734–1735	*Le Paysan parvenu* (Roman)
1735	*La Mère confidente* (Komödie)
1736	*Le Legs* (Komödie)
1737	*Les Fausses Confidences* (Komödie)
1738	*La Joie imprévue* (Komödie)
1739	*Les Sincères* (Komödie)
1740	*L'Epreuve* (Komödie)
1741	*La Commère* (Komödie)
1743	Aufnahme in die Académie Française
1744	Mietet sich als Pensionär bei Mademoiselle de la Chapelle Saint-Jean ein
	Verschiedene Vorträge in der Académie Française (Réflexions sur Thucydide, Réflexions sur les hommes etc)
	La Dispute (Komödie)
1745	Marivaux' Tochter tritt in ein Kloster ein
1746	*Le Préjugé vaincu* (Komödie)
1748–1751	Vorträge in der Académie Française (Réflexions sur l'Esprit humain etc)
1754	*L'Education d'un Prince* (Dialog)
1755	*Le Miroir* (Essay)
	La Femme fidèle (Komödie)
1757	*Félicie* (Komödie)
	Les Acteurs de bonne Foi (Komödie)
1761	*La Provinciale* (Komödie)
12.2.1763	Tod nach langer Krankheit

Bibliographie

Französische Ausgaben der Werke:

Bibliothèque de la Pléiade
›Romans, Récits, Contes et nouvelles‹ (Hrsg. Marcel Arland), 1949
›Théâtre complet‹ (Hrsg. Marcel Arland), 1949
›Œuvres de jeunesse‹ (Hrsg. Frédéric Deloffre und Claude Rigault),
   1972

Edition Garnier Frères

›La Vie de Marianne‹ (Hrsg. Frédéric Deloffre), 1963
›Le Paysan parvenu‹ (Hrsg. Frédéric Deloffre), 1965
›Théâtre complet‹, 2 Bde. (Hrsg. Frédéric Deloffre), 1968
›Jornaux et Œuvres diverses‹ (Hrsg. F. Deloffre und Michel Gilot), 1969

Übersetzungen ins Deutsche:

›Das Spiel von Liebe und Zufall‹, übersetzt von Tilli Breidenbach. ›Die
   Aufrichtigen‹, übersetzt von Hans von Seydewitz und Florian Stern,
   Stuttgart 1977, Reclam Verlag
›Betrachtende Prosa‹, übersetzt und herausgegeben von Gerda Schef-
   fel, Frankfurt/M. 1979, Insel Verlag
›Das Spiel von Liebe und Zufall‹, übersetzt und herausgegeben von
   Anneliese Botond, Frankfurt/M. 1981, Verlag der Autoren
›Verführbarkeit auf beiden Seiten‹, übersetzt und herausgegeben von
   Gerda Scheffel, Stuttgart 1982, Reclam Verlag
›Die Kutsche im Schlamm‹, Roman, übersetzt und herausgegeben von
   Gerda Scheffel, Zürich 1985, Haffmans Verlag
›Das Spiel von Liebe und Zufall und andere Komödien‹, übersetzt und
   herausgegeben von Gerda Scheffel, Frankfurt/M. 1985, Insel Verlag

Sekundärliteratur (Auswahl):

Paul Gazagne, ›Marivaux par lui-même‹, Paris 1954, Editions du Seuil
Frédéric Deloffre, ›Une préciosité nouvelle: Marivaux et le Marivau-
   dage‹, Paris 1955, Armand Colin
Henri Lagrave, ›Marivaux et sa fortune littéraire‹, Paris 1970, Guy
   Ducros

Christoph Miething, ›Marivaux' Theater – Identitätsprobleme in der Komödie‹, München 1975, Wilhelm Fink Verlag

Christoph Miething, ›Marivaux‹, Erträge der Forschung (Bd. 113), Darmstadt 1979, Wissenschaftliche Buchgesellschaft

Michel Deguy, ›La machine matrimoniale ou Marivaux‹, Paris 1981, Gallimard

Patrice Pavis, ›Marivaux à l'épreuve de la scène‹, Paris 1986, Publications de la Sorbonne

Der Verlag dankt dem Insel Verlag, Frankfurt am Main, für das Recht, Texte und Übersetzungen von Gerda Scheffel im vorliegenden Band abzudrucken.

Theater Funk Fernsehen

Edward Albee
Wer hat Angst vor
Virginia Woolf…?
Band 7015

Samuel Beckett
Sechs Theaterstücke
Endspiel/Das letzte Band/
Spiel/Spiel ohne Worte
1 und 2/Glückliche Tage
Band 7088

Eric Bentley
Sind Sie jetzt oder
waren Sie jemals
Band 7052

Elias Canetti
Dramen
Hochzeit/Komödie der
Eitelkeit/Die Befristeten
Band 7027

Marguerite Duras
Die Krankheit Tod
Band 7092
Savannah Bay
Band 7084

Dieter Forte
Fluchtversuche
Vier Fernsehspiele
Band 7055
Kaspar Hausers Tod
Band 7050
Martin Luther &
Thomas Münzer
oder Die Einführung
der Buchhaltung
Band 7065

Christopher Fry
Die Dame ist
nicht fürs Feuer
Band 7099

Athol Fugard
John Kani, Winston Ntshona
Aussagen
Band 7051
»Master Harold«… und die
Boys/Botschaft von Aloen
Band 7087

Carlo Goldoni/Heinz Riedt
Landpartie à la mode
Band 7080

Gert Heidenreich
Der Wetterpilot/
Strafmündig
Band 7085

Gert Hofmann
Die Überflutung
Vier Hörspiele. Band 7059

Thomas Hürlimann
Stichtag/Großvater
und Halbbruder
Band 7086

Henrik Ibsen/Peter Zadek/
Gottfried Greiffenhagen
Die Wildente/Hedda
Gabler/Baumeister
Solness. Band 7073

Lotte Ingrisch
Wiener Totentanz
Band 7094

Fischer Taschenbuch Verlag

Theater Funk Fernsehen

Dieter Kühn
Galaktisches Rauschen
Band 7054

Reiner Kunze
Der Film
»Die wunderbaren Jahre«
Band 7053

John Osborne
Blick zurück im Zorn
Band 7030

Pier Paolo Pasolini
Orgie/Der Schweinestall
Band 7078
Affabulazione oder
Der Königsmord/Pylades
Band 7079

Gerhard Roth
Lichtenberg/Sehnsucht/
Dämmerung
Band 7068

Rolf Schneider
Marienbader Intrigen
Band 7093

Stefan Schütz
Sappa/Die Schweine
Band 7062
Die Seidels
(Groß & Gross)/
Spectacle Cressida
Band 7083

Peter Shaffer
Amadeus
Band 7063

Sam Shepard
Fluch der verhungernden
Klasse/Vergrabenes Kind
Band 7056

Tennessee Williams
Die Katze auf dem
heißen Blechdach
Band 7071
Die tätowierte Rose
Band 7072
Vieux Carré
Band 7098

Hörspiele
Ilse Aichinger/Ingeborg
Bachmann/Heinrich Böll/
Günter Eich/Wolfgang
Hildesheimer/Jan Rys
Band 7010

Frühe sozialistische
Hörspiele
Herausgegeben von
Stefan Bodo Würffel.
Bertolt Brecht/Erich Kästner/
Anna Seghers/Ernst Toller/
Friedrich Wolf u. a.
Band 7032

Hörspiele aus der DDR
Herausgegeben von
Stefan Bodo Würffel.
Stephan Hermlin/Günter
Kunert/Heiner Müller/
Rolf Schneider u. a.
Band 7031

Fischer Taschenbuch Verlag

fi 304/4b

Anthologien

Spiele ohne Ende
Erzählungen aus 100 Jahren
S. Fischer Verlag
Herausgegeben von
Hans Bender
880 Seiten. Leinen

Über, o über dem Dorn
Gedichte aus 100 Jahren
S. Fischer Verlag
Herausgegeben von
Reiner Kunze
179 Seiten. Leinen

Gedanke und Gewissen
Essays aus 100 Jahren
S. Fischer Verlag
Herausgegeben von
Günther Busch und
J. Hellmut Freund
664 Seiten. Leinen

Kassetten

Franz Kafka
Werke
Kassette mit 7 Bänden
2304 Seiten. Geb.

Thomas Mann
Die Romane
Kassette mit 7 Bänden
5703 Seiten. Geb.

Luise Rinser
Kassette mit 4 Bänden
1506 Seiten. Geb.

Virginia Woolf
Romane
Kassette mit 5 Bänden
1284 Seiten. Geb.

Einzelbände

Ilse Aichinger
Die größere Hoffnung
Roman
Meine Sprache und ich
Erzählungen
verschenkter Rat
Gedichte
564 Seiten. Leinen

Raymond Aron
Frieden und Krieg
Eine Theorie der Staatenwelt
942 Seiten. Leinen

Paul Celan
Sprachgitter
Die Niemandsrose
Gedichte
158 Seiten. Leinen

Paul Celan
Übertragungen aus dem
Russischen. Alexander Blok.
Ossip Mandelstam.
Sergej Jessenin
158 Seiten. Leinen

René Char
Draußen die Nacht wird regiert
Poesien
Ausgewählt von
Christoph Schwerin
215 Seiten. Leinen

Joseph Conrad
Lord Jim.
Eine Geschichte
463 Seiten. Leinen

Tibor Déry
Der unvollendete Satz
Roman. 951 Seiten. Leinen

Sigmund Freud
Kulturtheoretische Schriften
657 Seiten. Leinen

S. Fischer

Theater Funk Fernsehen

Jean Giraudoux
Kein Krieg in Troja/Die Irre von Chaillot
Zwei Stücke. Band 7033

Hugo von Hofmannsthal
Der Schwierige/Der Unbestechliche
Zwei Lustspiele. Band 7016
Jedermann
Das Spiel vom Sterben des reichen Mannes. Band 7021

Eugene Ionesco
Die Nashörner. Band 7034
Der König stirbt. Band 7067

Pierre Carlet de Marivaux
Triumph der Liebe
Band 7035

Edna O'Brien
Virginia
Ein Theaterstück. Band 7064

Arthur Schnitzler
Reigen/Liebelei
Band 7009

Franz Werfel
Jacobowsky und der Oberst
Komödie einer Tragödie. Band 7025

Thornton Wilder
Die Alkestiade
Schauspiel. Band 7076
Unsere kleine Stadt
Schauspiel in drei Akten. Band 7022
Wir sind noch einmal davongekommen
Schauspiel in drei Akten. Band 7029
Einakter und Dreiminutenspiele
Band 7066

Carl Zuckmayer
Der fröhliche Weinberg/Schinderhannes
Zwei Stücke. Band 7007
Der Hauptmann von Köpenick
Ein deutsches Märchen in drei Akten. Band 7002
Des Teufels General. Band 7019

Fischer Taschenbuch Verlag

fi 285/2